俳句を橇《そり》にして

江里昭彦

編集工房ノア

『俳句を橇《そり》にして』目次

3　昔観た映画

4　短いエッセイの吹き寄せ

装幀　森本良成

1
病いを得て、俳人は

世が世なら――出井《いずい》知恵子《ちえこ》さんのこと

二〇〇九年八月の総選挙で民主党政権が誕生することは、投票のかなり前から予測された事態であった。だから、政権交代が実現して、多くの人が歓呼の声をあげ、興奮の風が列島を吹きぬけていっても、社会に衝撃が走ることはなかった。発足した鳩山内閣が、国民新党と社民党が加わった連立政権であることは、誰もが知っている。多士済々の閣僚のなかでも、とりわけマスメディアを賑わす言動を連発するのが亀井静香・国民新党代表であることも、これまた広く知られている。いまや亀井氏は日本政治のキーパーソンのひとりだ。その亀井氏が、出井知恵子という俳人を姉にもつことを思いだす人は、いまどれくらいいるだろうか。

＊

出井知恵子さんは、一九八六（昭和六一）年一〇月一八日に敗血症で亡くなった。享年五七。そのとき三六歳の私は全身に活力が漲る季節を生きていたので、そんな歳で世を去らねばならぬことの痛ましさが、あまり実感できなかった。彼女を悼む思いはもちろんあったものの、どこか別の世界の不幸という感覚を拭うことができなかった。その私が、すでに出井さんの享年を超え、還暦に到ろうとしている。昔の鈍感を責めても虚しいけれど、なんともちぐはぐな、落ち着かない思いがする。

出井さんと初めて出会ったのが、いつ、どこだったのか、まるで憶えていない。学生俳句会の狭い自治領を脱して、私が関西俳壇と接触しはじめたのが八〇年のことだから、それ以降に違いない。出井さんの俳句方面の経歴はこうなっている（主宰誌「茜」八号は追悼号であり、そこに載る略年譜に拠った）。

一九六三年　「渦」俳句会に入会。
六四年　「渦」同人となる。
六五年　「俳句評論」に参加。

六七年　現代俳句協会員となる。

七二年　第一句集『命華』出版。

出会ったとき、すでに出井さんは関西俳壇のなかで存在感を示しており、なんら実績がなく、駈けだし同然の私とは大きな開きがあったわけだ。にもかかわらず、出井さんは温かく、親切に接してくださった。追悼号で写真家井上青龍が語る次の小逸話は、出井さんの人柄をよく伝えており、私の受けた印象と過不足なく一致する。

私が出井さんと出会えるのも常に誰かの記念会など特定の場所だけであった。それでも、二度だけプライベートな時間があった。

私の貧しい『釜ケ崎』出版記念会に出席いただいた二次会の後、釜ケ崎の夜を探訪したこと。釜ケ崎といっても周辺を案内するに止めたが。

ある夕方に梅田の雑踏のなかで出井さんに行き当たった。パチンコ屋に入ろうとしていた私は、なんとも気軽に彼女をさそった。「パチンコなんて、生まれて初めてよ」と言う彼女は喜々として玉をはじいていた。五百円負けたが御礼に食事をおごるという。

関西に住む人間なら、釜ケ崎がどういうところか、大概の者が知っている。いわゆ

るどや街である。そこを夜探訪するとは思い切ったことを試みたものだが、出井さんは勇気と誠意を奮いおこして随ったのだろう。また、「喜々として玉をはじいていた」その姿も、思い浮かべることができそうだ。出井さんは明朗闊達な人柄であったが、いわゆる大阪のオバチャン特有の下品でがさつな面は微塵もなく、どこまでも気品を帯びた明るさであり伸びやかさであった。そして、「食事をおごる」というきっぷのよさ。ああ、そういう人だったと懐かしさがこみあげる。

＊

出井さんは自らを吹聴するところがなかった。それでも、その来歴について複数の俳句仲間が私に耳打ちしてくれた。ひとつは、若い頃から原爆症を患っていること。正確を期して、略年譜から引用しよう。「八月六日、広島に原爆が投下され、一週間後の一三日に挺身隊として死傷者救援のため市内に入り、放射能の汚染を受ける」。ときに一五歳。以来、病魔との闘いが生涯の基調となり、五七歳での命終へと到るのである。

もうひとつは、津和野藩主亀井家の末裔であること。このことは、出井さん本人が第一句集『命華』のあとがきにおいて、「城主の末裔である伝説に彩られたなかに、仮死で生まれた私は、老医師の努力で蘇生したという」と、ぼかした表現でもって諾っている。ある俳人が冗談めかしてこう言ったものだ。「世が世なら、ほんもののお姫様やで。わしらしもじもの者は近づくことさえでけへん」。なるほど、そうに違いないが、世が世ならとか、しもじもといった時代がかった言いぐさが、私には可笑しかった。

そんな私も、出井さんがキリスト教に帰依しているとは、追悼号を手にするまで知らなかった。洗礼名、マリア・テレジア・出井知恵子。ここで思い起こされるのが、〈浦上崩れ〉と称されるキリシタン弾圧のことだ。平凡社『大百科事典』の記述をひくと、「幕府倒壊後、明治政府もキリシタン禁制を掲げ、御前会議で浦上一村総流罪を決定、名古屋以西二十藩に三三八四人を配流した」とある。そのなかに津和野藩も含まれていた。津和野藩の版籍奉還は七一年五月だから、その間、藩はキリシタン迫害の立場にたったわけである。この史実が出井さんの精神に影を落としていなかったとは考えにくい。

＊

その「世が世なら、ほんもののお姫様」が、なんと私の第一句集（八三年一二月上梓）の出版記念会に出席してくださった。記念会といっても一〇名余のこぢんまりした集まり、しかも場所は大阪十三《じゅうそう》の歓楽街にある居酒屋なのである。歓楽街とは便利な言いまわしであって、有体にいえば性産業が集中するいわくつきの地区。そんな街路を、「おお嫌だ、汚らわしいこと」と顔を顰めながらの急ぎ足だったのか、それとも、「ここはこういう所だから」と割りきってスタスタと歩まれたのか、わからないが、とにかく出井さんは来てくださった。そして、「これ、わたしが作りましたの」とドライフラワーを差し出された。花束贈呈である。これには感激した。当時の私は、坪内稔典が発行する「現代俳句」誌に集う若手グループと密に交流していたものの、それ以外の関西俳壇とはほとんど没交渉、要するに相手にされなかった。唯一の例外が出井知恵子さんだったのである。

その頃は嬉しくて感謝するばかりだったが、後年落ち着いてふり返ると、出井さんには彼女なりの思惑があったのかもしれない、と考えるようになった。俳誌「茜」をたちあげる構想を温めていた出井さんは、あるいは有望な新人をあれこれ物色していたのかもしれない。たとえそうだったとしても、献呈したわが第一句集を読めば、「これは私のめざす方向とまるで違う」と気づかれたはずで、参加のお誘いなるものは結局なかった。出井さんの句境は次に掲げる作品が示すようなものであったから、それが妥当な結論というべきか。

この落日母には隠し流離の刻
林檎ひとつ冬浪へ抛げ残す旅
喪の風と肉焼く街の海へでる
浴身へ雪舞い限りある命
飛べよ鳥落日の朱は撃たず
ひろしまや未明は鳩の広場となり
翔つ鳥の瞳を染めて桜かな
空と風わがものとなし峰桜
子なくば去る祖父の教へや柿若葉

夏ひと日からくり人形眠りあふ
空蟬をあまた見し日の坂荒き
かもしかの渡る月夜や古時計
水飯をさはさは流す胸の中
旅の帯えらぶ一朶の秋雲に
荒海の色に貌似る秋の鳥

ところで、頂戴したドライフラワーの扱いには困った。生花なら萎れた時点で捨ててしまえばよい。花にこめられた祝意がじゅうぶん発散したのだから。でも、ドライフラワーは初めから枯れているので、花の祝意がいつになったら抜けきるものやら判断しにくい。ましてや、お姫様お手製の花束である。結局、一年以上も飾っておいただろうか。そのうち細かい花弁がほろほろ崩れだして、部屋を汚すようになった。申し訳ないと思いながらも、とうとう捨てることにした。

花を処分して三か月もたたないうちに、第二句集『蒼華』が到来し、つづいて出版記念会の案内状が届いた。今度はこちらがお礼に出席する番である。でも、「あのドライフラワー、いかがですか？」と訊かれた場合、どう言葉を濁したものか、社交的微笑とともに嘘をつかざるをえないので、少し気が重かった。

ところが、そんな心配はまったく無用だった。参集者二百名を超す大盛況！　豪勢なその宴にのみこまれたら、主役とじっくり言葉をかわすことはむずかしい。ときどき私は離れた場所から出井さんに目礼を送り、ドライフラワーのことを話題にしなくてよいのに安堵しつつ、談笑と美味を愉しんだ。

＊

『蒼華』の出版記念会は、一九八五年六月七日、大阪は中津の東洋ホテルで開催された。急逝の前年である。

受付を通ると、会場の正面にスピーチに立つ壇が設けてある。その両脇に（左近の桜、右近の橘ではないが）花器に盛られた花が咲きほこり、そこに贈り主として「内閣総理大臣　中曾根康弘」の木札が立ててあった。対となる花器にあった札の名は、記憶違いでなければ、大阪府知事ではなかったか。一瞬、自民党の政治資金パーティーに紛れこんだのかと錯覚したが、受付は確かに出版記念会のそれだったし、みまわすと見知った顔が何人もいる。その一人に、どうしてあのような人物から花が届くのかと訊くと、実弟のひとりが国会議員の亀井静香だから、たぶん彼がかけあって手配したものだろう、きょうこの会場に来ている、との返答だった。私はこのとき初めて、政権党の有力議員が出井さんの弟であると知った。

この会についていまだに鮮明に覚えているのは、主役たる出井さんの立ち姿と、参会者の行儀の悪さである。

前者については、よほど強い印象を残したものか、追悼号で複数の人がその様子を回想している。「漆黒の髪に清楚な白い髪飾りを装い、立ち尽くしておられた和服姿には、犯し難い気品があった」（花谷和子）、「病弱の知恵子さんが和服をきちんと着て終始立ち尽くしていたので、随分と疲れただろうにと気の毒に思えた」（和田悟朗）、「和服に盛装した出井さんだけが何かに堪えるきびしさを見せて立ち通しである」（井上青龍）などと。

私もおりおり出井さんを注視した。実際、出井さんはひたすら立ち通しであって、御馳走が目の前にならべられているのに何も口にしなかった。椅子にかけてからだを休めようとしなかった。水分を補給したかどうかも疑わしい。ときおりハンカチで顔の汗を軽くおさえるだけだったと記憶する。病魔と闘っていることを知るわれわれの眼に、その立ち姿は一種の苦行のように映り、痛々しくもあれば感動的でもあった。

対照的に、客の行儀はほんとうに悪かった。

そもそも俳句のパーティーで、著者に祝意を表しつつ、友人と語らったり、久闊を叙したり、情報交換に勤しんだりするのは、誰でもやっていることであり、間違っていないどころか、必要なことでもある。そして、この出版記念会のように有名人の顔ぶれが多い場合には、編集者や有力俳人に自分を売りこもう、あるいは交際範囲を広げようと、参加者が動きまわり、活発に言葉を交わすことになる。それはそうなのだが、ただし、そうした裏目的の追求は節度を弁えて行うべきだろう。

しかるに、当日は、会場が高級ホテルで、参集者が二百を超える盛況、豪華な食事と美酒が揃えられていたものだから、誰もが自分ひとりくらい声高にしゃべっても目だたないと考えたのか、会場のあちこちから談笑の響きが湧きあがり、ついには騒音と化して宴を包むにいたった。そうなると、会話はますます大声になる。笑いはけたたましくなる。指名されてスピーチに立っても、聴く者がほとんどいない。こういう場合、スピーチに立つ誰かが、冒頭に「会場が騒がしくなっております。みなさん、少し声を落として話しましょう」とたしなめるべきなのに、嫌われ役をあえて引き受ける奇特な人物はいなかった。

宴はほとんど無礼講の様相を呈していた。司会者がおろおろと会場を見まわす。出井さんの瞳に脅えたような色が浮かぶ。それでも、正面の壇を中心に進められる行事などそっちのけで、われわれは笑い興じ、しゃべりまくり、呑み、かつ食らった。要するに、われわれは寄ってたかって出井さんを侮辱したのである。『蒼華』を語るスピーチを聴かないということは（たとえ、それが社交辞令で飾られて傾聴する気がおこらないものだとしても）、間接的に句集をないがしろにし、著者出井知恵子を貶めることにつながるのだから。

いまの私には、出井さんが「犯し難い気品」（花谷和子の言）を保ちながら、凛として終始立ちつづけていたのは、出席者に礼を尽くすというより、会場に渦巻く雑駁な欲望に向けて、高貴なるものの所在をその病身によって示威していたのではないか、と思えてならない。「世が世ならお姫様」であった方は、その精神と品格と所作においてまことの貴顕であった。

騒然としていた会場も、亀井郁夫、静香の両氏がお礼の挨拶に立ったとき、さすがにしずまった。俳句のパーティーに大企業の幹部や現職の国会議員が姿をみせるのは異例だから、どんなことを話すのか、みんな興味を示したのだろう。

そして、出井さんが挨拶に立った。このとき「犯し難い気品」は極まった感があった。その美しさをみつめながら、内心で私は、これでようやく出井さんは苦行から解放される、病身をいたわることができる、と呟いていた。その思いが頭を占めていたので、出井さんが話した内容をまったく憶えていない（挨拶要旨は「茜」四号に収録）。

出井さんの挨拶は、挨拶でなく、訴えのごとく響いた。残されたちからをふり搾りつつ、整然と語ろうと努めるその姿は、居ならぶ将兵に対し出陣の檄をとばす城主の孤独を思わせた。負け戦となるのがほぼ予測され、人心が離反し、従う将兵がほとんどいないと承知しながらも、なお訴えつづける城主の悲壮と孤高が、そこにあった。

それまでの狼藉を忘れたように会場いっぱいに鳴り響く拍手のなかで、出井知恵子さんはしずかに頭をさげていた。


（二〇一〇年六月）

放哉はわれわれの同時代人

一冊の書籍を紹介しよう。『尾崎放哉』（二〇一六年一二月刊、河出書房新社）。副題に「つぶやきが詩になるとき」とある。一巻は、この高名な自由律俳人に関する論評・解説・回想・鑑賞、そして放哉自身の著述によって構成されている。もちろん、写真と略年譜も付されている。

じつは、この本が出版されたことを私は知らなかった。人口一五万の地方都市でこうした俳書をみつけるのは、現在とても困難になりつつある。でも、たとえ目にしたとしても、たぶん買わなかったと思う（この本は、なかに収録された鼎談に加わっている上野千鶴子さんから、贈呈されたものだ）。

なぜか。私も放哉に関しこれまで何度か論じたことがあり、その作業を通して、私個人は放哉問題に「もうケリがついた」という実感をもつからである。言い方を変えると、私が放哉を論じる視角ないし切り口は固定しており、これ以上考察を重ねても新味のある見解は提示できそうもない、という限界を自覚するからである。

それでも、版元が河出書房新社であるのが気になる。俳人読本の類は、従来、角川書店など俳句に強い出版社が手がけてきた。いわばお家芸として。だが、河出書房新社は全方位を守備範囲とする老舗である。その河出が手がけるということは、俳人や俳句愛好家にとどまらず、広く一般人を読者に想定しているのではないか。つまり、放哉なら俳人でない一般の買い手も振り向いてくれるのではないか、という期待。

ちなみに、先に触れた鼎談の参加者である西川勝は、「俳句も何も知らなかった自分にがつんと来るような句がたくさんあります」と述べている。だったら、放哉の作品が、俳句のもつ射程を超えて普通の読者にも届く、その問題性とはなんだろうか――これは考えてみる値打ちがありそうだ。

そのためには、手前味噌になるけれど、問題提起として私の論考をひとつ引用しておきたい。かなり長い文章で気がひけるのだが、以下の「似て非なる双子座」と題した・文をしばらく参照願いたい。

＊

「似て非なる双子座」　江里昭彦

私の学生時代、種田山頭火がブームになったことがある。一九七〇年代初頭のことで、それが初めてのブームなのか知らないが、とにかく俳人・俳句愛好者の域を超えて、多くの人が山頭火の俳句を読み、その人物と行動に関心をもち、流浪にちかい生涯にさまざまの感慨とファンタジーを抱いたのだった。それ以降、ブームは間歇泉のようにくりかえされ、今日に至る。作品集が幾種も編まれ、評伝があいつぎ、広範な読者に恵まれ、劇画やテレビドラマにとりあげられて話題になるといった待遇を受ける俳人は、山頭火以外きわめて稀であろう。

ところが、である。山頭火と同郷である私の母の世代にとっては――母は山口県防府市の出身である――山頭火はすこぶる評判の悪い存在だった。評伝によってひろく知られていることだが、地元では有数の富裕な家に生まれながら、生家を没落させた札つきの人物だからである。「俳句なんかやるもんじゃない、山頭火のように身代をつぶしてしまうから」——母の娘時代には〈教訓〉としてこう囁かれていたそうだ。現在では、防府市に観光客を呼ぶというのでほとんど名誉市民扱いの山頭火であるが、往年の評判を知る者は、変われば変わるものだとやや呆れ顔である。

そうすると、問題は、なぜ一九七〇年代初頭という時期に、山頭火の突出したブームが湧きおこったか、であろう。端的にいって社会機構から脱落した乞食坊主である山頭火に、なぜひとびとは憧憬に似た想いを投影するようになったのか。思うに、彼が脱落分子であることは、ひるがえって現代社会がわれわれをそうたやすく「脱落」させてくれない、という事情を照射していよう。完成の域に達したこの管理社会からはみだして、なおかつ生きていくことは容易でない。日本が管理社会へと急速に移行しつつあったのが、一九六〇年代であった。ともに、それへの反発と変革の熱気が六〇年代末に沸騰し、やがて退潮していった。山頭火ブームはこの直後の現象であることに注意しておこう。

山頭火の「脱落」は階級転落である。その壮絶な落差を彼は生きた。しかし、おおむね中流階層に属する現代人が「脱落」したとしても、その転落はみみっちいという感じを拭うことはむずかしい。かつ、山頭火の実生活はあまりにも多くの小市民的幸福を犠牲としているので、ファンは漂泊にあこがれても、実際にそうした「自由」へ身を投じることに二の足を踏むのだ。かくして、管理社会に踏みとどまるものが、管理社会からの脱落を夢想するという逆説が成立する。

この場合、山頭火が自由律の俳人であることがおおきな魅惑となっている。俳人なら誰しも経験済みのことだが、定型とはながい研鑽をつみながら身につけるものであって、〈修行〉の側面がつきまとう。これに対し自由律は、感情の起伏にしたがって思いを表出する、文学的規範からは自由な詩型という印象をひとびとに与える。それだけに境遇と一体化した表現となりやすく、読者が感情移入するにはそのほうが好都合だ。読者が山頭火に期待するのは、文学上の〈修行〉ではなく、ある種の解放感だからである。

ところが、自由律俳句には、別の方向性がある。それは尾崎放哉である。

漬物桶に塩ふれと母は産んだか

以前、私はこの句を評して次のとおり書いたことがある。まず、「苦労して育ててくれた母の恩愛と自己犠牲に応えるだけの社会的重要性を、この己は実現していない、という自責の念が作品の主調音」であるとみなしたうえで、こう続けた。

なるほど、母の苦労と自己犠牲は尊い。偉くなってくれ、出世してくれと、わが子に注いだ励ましと期待は、親としては当然の愛の発露であろう。だが、人は皆が皆、社会的に重要な人物になれるわけではない。努力してもそこそこの立場と境遇にしか到達できない者にとって（そういう人が世間の圧倒的多数なのだ）、母の無言の期待は、時にはその愛ですら、プレッシャーと化して、心をさいなむ。多くの人が放哉のこの句に自画像の変奏を聴くだろう。「一介のサラリーマン（店員、運転士、教師、公務員、主婦、工員……）であれと母は産んだか」という自問を心の中で繰り返しながら、今日もひとびとは働いている。

（「俳句のなかの母」）

管理社会の打破がほとんど不可能だと思い込んでいる現代人にとって、いまや問題は、管理社会からどう「脱落」するか、ではない（「脱出」なら、定年を迎えたときに可能となるが)。ひとびとの抱える葛藤の焦点は、管理社会の中での「自尊心と社会の評価との不一致」にある。つまり、「俺はこの程度の人間なのか!」「私に与えられる評価がこのくらいというのは、どういうわけ?」といった不満・不全の感情なのである。これはなかなか宥めるのがむずかしい感情であって、現代人の意地悪・攻撃性・移り気・苛立ちの多くは、この感情に起因しているとみてよかろう。

尾崎放哉の掲出句は、こうした不満・不全の感情を発する土壌にぴたり突き刺さるものである。批評意識がなければ、こうした句は書けない。階級転落による傷痕を負い、放浪と貧窮のうちに死んだ両人であるが、放哉にあって山頭火に欠けるのは、この批評意識である。山頭火の場合、不幸や苦悶や困窮がもたらす経験の直接性はうすめられて、たれ流しにされる感傷に香辛料ていどの味つけをするにすぎない。放哉は、この経験の直接性を文学の方向へ研いでゆく。

*

だから、私は、山頭火が好きですという御仁には「ああ、そうですか」とうなずくだけだが、放哉が好きですという人物があらわれたら内心ぎくりとする。

長い引用は以上である。
そこで、ふたたび『尾崎放哉』に目を向けよう。この書から、私が改めて引きだしたい問題は、〈承認欲求〉と〈貧窮〉のふたつである。

*

まず、〈承認欲求〉について。この問題は放哉の多作傾向と密接に結びついている。荻原井泉水の遺族の物置小屋から、放哉の大量の句稿がみつかったのは一九九六年のことである。発見の当事者である小山貴子をまじえたこの本の鼎談のなかで、発見のもたらした影響が次のように語られている（上野は上野千鶴子、西川は西川勝）。

西川　放哉にしても、大量の句稿を小山さんが見つけられるまでは、それほどたくさんつくっている人じゃないと思われていた。
小山　むしろ寡作の人だと言われていました。
西川　と思っていたら、井泉水のお家からどさっと出てきたでしょう。考えてみたら、あの三年ほどの期間で三〇〇〇句といったら、ものすごい多作ですよね。

上野　確かにそうですね。あふれるように出てきたというのは。
西川　あれでたぶん、放哉のイメージが変わりましたしね。

これは見逃せない論点である。「削って、削って、削り抜いた言葉がある」（上野）彼の俳句は、寡作の人というイメージとあいまって、強固な放哉像をつくっていたのだが、それが、大量の句稿が発見されたことで覆ったのだ。
放哉の多作傾向は、発達心理学が専攻の浜田寿美男も以下のとおり指摘する。

小豆島にたどり着いてから、放哉はおびただしい数の手紙を書いた。数えると、日に二通は出した勘定になるという。しかも、かなりの長文にわたるものも少なくない。それだけでない。南郷庵に入ってからは『入庵食記』をつけ、『入庵雑記』を綴って、これを「層雲」に連載してもいる。口をついて溢れ、文字にして手から放たれた言葉は、ほとんど饒舌と言ってよいほどである。

（「往還の彼方に」）

これらの指摘から、われわれは、放哉のひりひりするような〈承認欲求〉を感じとることができる。東京帝国大学卒というまばゆい経歴をまといながらも、出世街道において酒と人間関係で躓き、ついに寺男にまで転落した放哉。世俗社会のものさしでは完膚なきまでの負け犬となった彼が、もう一つの社会、すなわち俳壇のなかに、なんとか居場所を確保しようと懸命にもがいている。喉の渇きにも似た苛烈な〈承認欲求〉が、こうした饒舌となって小豆島の庵から放射されたのである。なんと、痛々しい足掻きと格闘であることか。

でも、二一世紀のわれわれは、もがく放哉を笑えない。彼にとって自由律俳句はツイッター、散文はブログだったと仮定すると、ツイッターとブログを駆使して大量の言葉をインターネット上に発しつづけている現代人は、放哉とほとんど同じふるまいをしていることになる。とにかく饒舌。頻繁なる発信。注目を集めるために、たが外れ、あざとくなっていく表現——こうした饒舌の奔流と乱反射の背後には、ひとりひとりの承認欲求の駆動がある。「自分のことを知ってほしい」「こっちを振り向いてよ」「必ず俺のことを認めさせてやるぜ」などなど。

放哉の場合、承認欲求の発露が痛々しいくらい切実であったのに比べ、現代のひとびとのそれは、切実さよりどうも攻撃性が勝っているように感じられる。この相違は大きい。

*

次にとりあげる問題は〈貧窮〉である。

一九二五年の八月、放哉は、終焉の地となる小豆島の南郷庵に入った。そこで直面した食生活は次のようなものだった。『入庵食記』の二五年一一月の記述を引用しよう。

四日　オ粥（芋入り）、豆腐半丁
五日　オ粥（芋入り）、豆腐半丁（ヒロウス）二ツ
六日　同様、アゲ二ツ
七日　同断
八日　同断
九日　同断

一〇日　オ粥
一一日　オ粥
一二日　オカユ（芋）
一三日　オカユ（芋）

まさに言葉を失う。こんな食事をつづけていると栄養失調へとまっしぐらである。これでは治る病気も治らない。放哉は翌一九二六年の四月に四一歳の若さで死ぬのだが、医者の診断はともかく、彼の食生活の実態を知れば、隠れた真の死因が栄養失調であることを疑う者はなかろう。

そして、放哉が日記風に記した食生活は、現代のあちこちに散見される光景でもある。試みに『入庵食記』のお粥を、コンビニエンス・ストアのおにぎり、あるいは菓子パンに置き代えるなら、その途端、われわれの周辺にいる生活困窮者の食事風景が、目の前に出現する。栄養がまったく顧慮されない、決まりきったパターンの食生活という点で、放哉の孤独な食事と、現代の生活困窮者のそれとが、ぴたり重なりあう。敗戦ののち、日本人が達成した高度経済成長の成果は、いったいどこへ行った？

〈承認欲求〉と〈貧窮〉のふたつの問題が交差する場所に、尾崎放哉は立っている。だから、放哉はわれわれの同時代人なのである。

（二〇一七年三月）

美しきもの見し人は──追悼　椎名陽子さん

訃報は突然やってくる。関西を去り、故郷の山口に戻ってからは、とりわけそうだ。遠隔地にぽつんと離れている私に情報が届くのは、どうしても遅くなる。

このたびの椎名陽子さんのご逝去も、市川恂々氏からの喪中はがきで知ることとなった。驚きよりも困惑よりも、五感が痺れたかのごとき硬直感。それから、じんわりと靄のような喪失感に包まれる。

椎名さんとの交際が始まったのは、一九九七年二月である。面識のない彼女から、「夢座」一〇周年記念パーティーに出席していただけませんかとお誘いがあった。同じく面識のない美術家の中西夏之氏から、たまたま展示会の案内を頂戴していたので

（江東区の東京都現代美術館）、二つの用件にかこつけて上京することにした。二月二三日、中西夏之展を観たあと、新宿へ急行し、飛び込みでパーティーにもぐりこんだ。初対面の人が多かったのに歓待を受けて、気持ちのいい一日となった。その後、市川恂々氏から「夢座」に連載でなにか書きませんかと、思いもよらぬ依頼を頂戴し、その提案が実を結んで「昭彦の直球・曲球・危険球」となった。ご両人は私を「夢座」に関与させた張本人にして、頭があがらない恩人である。

この年は現代俳句協会創立五〇周年に当たっており、首都の記念式典で、ご両人とあまり間隔をあけずに再会できたことが、以後の交流を親密にするのに役立ったと思う。創立七〇周年に当たる本年に椎名さんが世を去ったのは、どこか因縁めいている。

椎名さんは私を大層買ってくださっていた。彼女の唯一の句集『風は緑』（二〇〇二年、夢書房）に請われて序文を寄せた。私にとって思い出深い作品集であり、本が届いた時の喜びを、次のとおり私信に書きつづっている。

──椎名陽子　様

なんと短い秋！　はや寒風に首をすくめる今日この頃です。待望の御句集、届きました。完成を祝します。しかも、刊行の日付が双十節。覚えやすい発行日です。

（中略）

話題を変えて、挿絵がいいですね。福永武彦が信濃の山野でスケッチした草花を想起します。でも、福永のような稚気はなく、図鑑の挿画としても通用するできばえです。句集全体の感想は序文で述べたとおりですが、歳月がたったらまた別の側面が見えてくるかもしれません。

二〇〇二・一一・六

私信で感想を述べるだけでは満足できないから、当時所属していた「鬣」誌に、以下の書評を発表した。

セピア色の光景の破片　江里昭彦

今回とりあげる『風は緑』（椎名陽子第一句集）に請われて私は序文を寄せた。となると、この書評で紹介するのは屋上屋を架すがごとき肩入れと見えるかもしれないが、そうではない。

料理に喩えるなら、序文は前菜であり、メインディッシュはあくまで著者の俳句である。前菜の務めは、本体の俳句へむけて読者の食欲を刺激すること。刺激したらさっと引っ込むのが肝心。したがって分量は少なめがのぞましい。また、研究論文めいた分析的な論述や、(善意に発するとはいえ)著者の美点を語り尽くそうという意気込みは、慎むべきである。そうした主役を食うような「親切」は、出過ぎたふるまいというより、厚かましい簒奪行為なのだ。言い足りないなら、別の機会を設ければよい(ただし、これは俳句に限った場合の話。西欧文学では序文を一個の批評作品にしたてることが認められている)。

という次第で、私は違った角度から『颪は緑』に言及したくてとりあげるのである。前菜という性格上、序文には重い作品や奇妙な感触を帯びた句を登場させにくい。私も次に掲げる作品を割愛した。なぜなら、これらが句集の基調から逸れた異質の顔つきをしていたからである。

菖蒲湯の張り紙のこる菊水湯
寒梅の石段おりる軍旗の列
理髪屋のとなりの肉屋大西日
正装の馬車が来るまで雪柳
氷売り煙草ふかしているばかり
塩鮭のひからびてなお将の貌
初雪を被りそこねる漫才師

これらは句集のあちこちに散らばっているので、読み進める際には、一見どの句も現代の情景として読めてしまう。例えば二句目は、どこかの神社の石段を、右翼の一群が時代錯誤の軍旗を押したてて降りてくるのを捉えた作品、といったぐあいに——。ところが、こうして寄せ集めてみると、現代の場面とみえる表皮の向こうに、どうも昔のものらしき光景が覗きからくりのように透視できるのではないか。つまり句に二重性の仕掛けが具わっているのだ。私には、戦時色が濃くなってゆく一九三〇年代の東京の下町のスナップショットのように思えて仕方がないのだが

――。

善哉をつくるとき、ひとつまみの塩をいれると甘味が増すという。先に引用したセピア色の作品群は、『風は緑』においてこれに似た働きをしているのだろうか。現代生活の諸場面を写すだけでは単調になりがちな俳句の歩道のところどころに、過去へ落ちこむ穴を陥没させること。しかも、うわべは穴と気づきにくい擬装を施して――。句集を読む愉楽を強めるのに、こうした工夫があってもいい。

序文とこの書評、二つの文章を公表したので、私としては負託に応えたつもりだったのだけれど、それ以降『風は緑』に言及することがなかったのは、今となっては冥界の椎名さんに申し訳ない気がする。その埋め合わせとして、彼女の唯一の著書から佳作を引いておこう。

啓蟄やルオーの顔が動きだす
菜種梅雨傘のない子に追いついて
百万の星降り朝の汽車が出る

別離の手麦わら帽の香を残し
咳き込んで盲導犬を驚かす
囀りの真っ直中で蹴るボール
春疾風戻る小舟を見失う
秋立つや除籍届の朱い肉
隧道を抜ければ萩と萩の風
芍薬のひとつは天にひびく音
菜種梅雨ダンボールから足二本
洗い晒しの日の丸垂れて夏の果て
蚊遣香土偶に戻る人の顔
散骨や与謝の浜辺は痛かろう
ふるさとは鷺と厠を残しけり

椎名さんのエッセイについて、どうしても触れたいことがある。事情を説明するため、またも私信から引用することにする。

「夢座」一三八号の椎名さんの「宗偏」、興味ふかく拝読しました。京都府職員である私は、宮津方面にも何度か出張しました。でも、加悦奥を訪れたことはありません。若いとき思い立って、雪の「天の橋立」を歩いて横切ったことがあります。人影がまったくない砂州を、凍えた靴で踏みしめながら進んでいくのは、悲愴感のうちに気分が高揚していく異様な行為でした。そんなことを、ふと思い起こしました。山奥の村から、爆撃による舞鶴軍港の炎が遠望されたというくだりは、こころにしみいります。

二〇〇一・五・二七

椎名さんの「宮津」のなかでは、カトリック宮津教会のくだりが印象的でした。もっと細部を書きこまれたら、よかったのに。一ページで済ますには、素材がもったいない。教会での寝泊まりは、誰もが経験できるわけではありませんから。

二〇〇一・八・二九

話はかわって、以前の「夢座」で宮津について書いておられましたね。山奥の村から、爆撃による舞鶴軍港の炎が遠望されたという逸話が印象に残っています。NHKの『功名が辻』のなかで、細川家が統治した頃の宮津がでてきて、反射的に椎名さんの文章のことを想起しました。あのつづきというか、関連したものをお書きになる気はありませんか。放置するにはもったいない素材です。

二〇〇六・九・一

私が執拗に話題とした「示偏」と「宮津」の二つの小エッセイは、椎名さんの戦争中の疎開体験を記したものである。私は戦後生まれだが、ここにでてくる宮津と加悦奥の地名は、東京人である椎名さんと京都府職員だった私との、唯ひとつの、かすかな接点のように思えて、しつこく食いさがったのだった。

結局、椎名さんがそれ以上疎開体験を語ることはなかった。どうしてだろうか。

私はこう推測する。遠望するには美しい舞鶴の炎上であるが、その現場には、爆撃によって生きた人間が砕かれ、内臓が散乱し、肉が焦げ、腐臭があたりに漂う、凄惨な大量殺戮の光景がひろがっているのである。あの時代を実際に生き、そして生き延びた椎名さんには、その阿鼻叫喚のさまが透視できるのだろう。だから、どうしても筆がすくむのだろう。

炎上する都市を遠望して、それを美しいと感じるのは詩人の感性だろう。しかし、戦争の実相を思いうかべ、夜空をいろどる炎を美しいと形容できないのは、戦争体験をもつ世代の良識と知性がそうさせるのだろう。

むごたらしい殺害を多く見たであろう椎名陽子さん。でも、その臨終の様子が「治療先の大阪にてやすらかに永眠いたしました」と喪中はがきに記されていたので、私は救われた気分になり、薄明のような安堵を覚えた。

（二〇一七年一一月）

〔追　記〕

「病いを得て、俳人は」の章で扱った三人の、俳句と病気との関わりは、三者三様である。

出井知恵子さんは、一五歳のとき、原爆が投下された一週間後、救護活動のため広島市内に入った。放射線が強烈に残留する時分である。そのため、原爆症が人生の「初期設定」として、彼女を終生苦しめることになる。

句会への参加も、執筆も、俳人との交際も、すべて病身であることを考慮に入れて、慎重に組み立てられ、実行されたであろう。そうした慎重さにもかかわらず、平均寿命を大きく下まわる五七歳で命が終わった。

尾崎放哉の場合、出世街道における酒と人間関係に躓いて転落が始まる。彼は、会社を辞めてのち、たった三年しか生きていない。深酒と粗食が命を縮めた。身から出た錆と言えなくもないが、その壮絶な階級転落によって、彼の生涯は拭いがたい悲劇性を帯びている。

椎名陽子さんは、この二人の悲劇性と無縁である。仕事をもち、俳句の方面でも活動していて、病気に罹ったため第一線から退いたのである。その点、現代の俳人の平均的なあり様に近いと言えようか。

2　啓発されたり翻弄されたり

ダンテ『神曲』が底荷に

私は自分のことを船だと思っている。俳句の大海原を航行する一艘の船だ。大海原にはおびただしい船が行き来している。近寄ったり、遠ざかったり、時に接触事故を起こしたり、逆に疎遠になったりと、人間関係にありがちな種々のできごとを伴いながら、各自の方角と速度をもって、波間を進んでいくおびただしい船が見える。

ところで、船には必ず底荷が必要である。船の重心を下げて転覆を防ぐためには、船底になにか重量品を積まなければならない（商船にあって、往路は積載した原材料や製品そのものが重心を下げてくれるけれど、復路は船体がからになるので、わざわざ底荷として、石や材木を積むことがある）。俳人という船にあっても、この法則があてはまると、私は考えている。

　ほぼ半世紀に及ぶこれまでの歳月のなかで、多くの俳句上の友人やライバルや対立者に出会ったけれど、穏やかそうに見えてそれなりに波瀾がある大海原の途中で、姿を消したり、息切れしたり、元の方角に引き返したりした船もまた、少なからず目撃したものだ。そんな残念な事例とならず、波間を進みつづける船は、おそらく目に見えない底荷を匿しているにちがいあるまい、この私のように、と、いつしか考えるようになった。

　繰り返す。船には必ず底荷が必要である。この場合、底荷を自信と言い換えることは適切でない。そうではなく、平常心、信念、希求のようなものと捉えたほうがいい。

　底荷をもたない船は、絶えざる波のうねりによって翻弄され、流され、方角を見失いがちとなる。近づいてくる船に気圧されたり、脅えたりしがちになる。また、時折送られてくる句集を、眩しく感じたり、劣等感を覚えたり、作句欲を挫かれたりもする。要するに、自分なりのペースで堅実かつ順調に航行できないのである。そんな事例をたくさん見てきた。

私という船に底荷が必要だと感じたのは二十代後半のことだった。実績も評価も知名度もゼロなのに、若さは確実に失われていくその季節、焦りと不安でとても息苦しくなった。当時属していたのは大学俳句会だけであったが、句友の多くは研究者としての道を歩んでいて、間違いなく一公務員として凡庸な職業人生を終えるであろう私は、「自分を限る」ことの淋しさと悔しさにも、耐えなければならなかった。私なりの精神の危機に直面していた。

なにか古典を読もうと思った。長編の古典を、毎日少しずつ読みつづけることで、底荷となしうるなんらかの精神の資質を得られるかもしれない、という希望が灯った。ダンテの『神曲』を選んだには理由がある。私は京都府の職員。当時、京都府立大学に寿岳章子という名物教授がいて（専攻は中世の日本文学）、その父が高名な文筆家寿岳文章であった。文章が翻訳をてがけた『神曲』は、日本の翻訳史上、屈指の名訳と謳われており、その評判は私の耳にも届いていた。

この選択は大正解だった。私は『神曲』に引き込まれ、没入した。退勤後、自室に

*

こもって日課のごとくダンテを少しずつ読みすすめることが習慣と化し、その習慣が、とかく乱されがちな職業人としての精神のリズムに、一種の秩序を与えた。

『神曲』のどこが素晴らしいか、ダンテの人間観察と社会批判がいかに優れているかを、ここでは語らない。この一文の目的はそこにないから。重要なのは、『神曲』をひそかに読み続けたこの体験が、私という船の底荷に確かに転化したという実感である。青春の日々を費やして巨きな古典と向きあった持続力と集中力、偉大な先達の業績に対する、まじりっけのない敬意、はるか過去の詩歌が現代の私にも届いて感銘を与える、この事実そのものが驚異に思える霊感のごとき感覚、こうしたものが底荷として蓄積されていったのである。その手応えを確かに感じたので、「地獄篇」と「煉獄篇」を読み終えた時点で『神曲』から離れた。いまだに「天国篇」を読んではいない。

*

人は、知識として保存する読書と、体験として保存する読書とを区別しなければならない。船の底荷となしうる資質をもたらすのは後者であって、前者ではない。

俳人はせっせと句集をだす人種だから、われわれは、ともすれば知識として保存する読書に傾きがちであり、それゆえ多忙を強いられる。ましてや底荷を欠くならば、他人の著作や思惑によって振り回され、いたずらに時間を費やすことになる。俳句の世界での交際に潜む陥穽である。

ダンテと寿岳文章は恩人。両人に礼を尽くすには、やはり「天国篇」を読了すべきかと、この頃思い始めた。

免疫ができる前に

句集にせよ歌集にせよ、長いあいだたくさん読んでいると、作品が放つ訴求力や刺激に対して自覚しないうちに抵抗力が培われてきて、少々のことには動じなくなる。いわば「免疫」ができるわけである。表現者にとっての初学時代とは、この免疫がじゅうぶん形成されておらず、先人の感化を受けやすい時期を言うのだろう。そうした時期に、自己の資質と共振する作品集に出会うとどうなるか。影響を被るといったなまやさしい事態ではない。それまでの視界が一変して、先達の色彩によってすべてが染めあげられるような、激甚なる酩酊状態に投げこまれることになる。

そうした強烈な感化を、この私も三度体験した。それは、北原白秋『桐の花』、春日井建『未青年』、塚本邦雄の『水葬物語』から『緑色研究』までの歌集、の順に起こった。

いずれの場合も、一首ごとにつかえてしまって、先へと読みすすめることができない。頭がくらくらし、ふかい吐息を放ち、時にはなかば意識を失いそうになり、とにかく陶酔と興奮を鎮めるのに時間がかかる。三人の歌集とも、初読の際は一日で読みとおせなかった。日を改めて、二日か三日要したと記憶する。

つぎに、興奮が治まってくると、「私が表現したかったことが、既に完璧に言われてしまっている」という思いに囚われ（むろん錯覚なのだが）、悔しさと敗北感と妬みとで作者に殺意すら覚えたことも、共通する心理状態であった。

さらに時間が経過すると、彼らの成功を支えている共通の原理が視えてきた。それは、モチーフの把握、方法の自覚、文体の創出、これらが「三位一体」のものとして連結していることである。自虐的な敗北感から脱するのに思いのほか時間がかかったが、自己を取り戻してみると、三人より貴重な智恵を授かっていた。絶望の河床から身を起こしたとき、私は砂金を掌にしていたのである。

北原白秋は詩集『思ひ出』において故郷・柳川を特権的な時空として造形してみせた。それはあながち誇張でも潤色でもなく、実際のところ柳川は南方性に富んだ魅力的な風土である。

これに対し、愛知県江南市生まれの春日井建は、「故郷について」というミニエッセイのなかで「どうしても周囲の日常性にしっくりなじめなかった。なぜ私は江南に生まれたのか、なぜ私は名古屋に住んでいるのか、ということさえ不満だった」と書いている。

大方の歌人・俳人は春日井建と同じ思いを抱くのではあるまいか。京都・金沢・鎌倉といった特権的な地域に生まれ育つのは一部の者であって、所与の環境として人がうけとるのは、何の変哲もないありふれた場所であるのがほとんどのケースだからだ。しかしながら、切実なモチーフを発見しえた歌人は、歌の翼によって、凡庸な故郷という所与の環境から舞いあがり、ある普遍性の高みに達することができる。『未青年』はその典型的な実例として、われわれの前にある。その意味でこの歌集は、精彩を欠いた日常性に不満をかこちつつ、所与の環境のなかでもがいている多くの後進に、「勇気」を与える作品集であるとも言える。

さて、私はいまも『未青年』を時折読み返す。かつてのように一首ごとにつかえることはないが、それでも巻末にたどりつくまで、数回は興奮を鎮めるための休憩を余儀なくされる。

〔付　記〕

北原白秋『桐の花』　一九一三年刊
春日井建『未青年』　一九六〇年刊
塚本邦雄『水葬物語』　一九五一年刊
塚本邦雄『緑色研究』　一九六五年刊

笑いながら塚本邦雄からたち去る

塚本邦雄が矢継ぎばやに著書を出版しだした時期がある。それは一九七〇年代初頭のことで、それまでは三、四年おきに歌集を上梓していた彼が、にわかに評論、小説、評釈、鑑賞、エッセイなどを精力的に送りはじめたのである。しかもカバーする領域が、古今東西の詩歌・小説、美術、映画、シャンソン、劇画などと幅広く、多彩であった。当時、邦雄の短歌にのめりこんでいた私は、砂糖に引き寄せられる蟻のように、それらの本をせっせと買いあつめたものである。博覧強記を誇り、華麗にして辛辣なレトリックを駆使する邦雄の著作は、私を魅了し、蒙を啓き、かつ翻弄した。

彼の本はかるく読み流せるたぐいのものではない。だから、熟読のペースをうわまわってつぎつぎに新刊が登場すると、やがて息ぎれがしてくる。そのうちに「これはなにか間違っている」とこころが叫ぶようになった。そして本領を発揮すべき短歌の『閑雅空間』（七七年）が期待はずれだったので、その頃から憑きものがおちたように、彼の書くものと距離をおくようになった。

塚本邦雄が「サンデー毎日」を拠点に俳句について活発に発言しだしたのが、当方が冷めていく時期にあたっていたので、いちおう目をとおすものの、もはや心を深くゆすぶられることはなかった。彼の選句や指摘や解読に教えられることは確かに多かったが、靡こうとは思わなかった。この反発、この違和感を説明できる言葉も概念も、当時の私はもたなかった。けれども、（個々の言説に対してでなく）俳句に関与する彼の「戦略」全体に対して、「なにかおかしい」というわだかまりをずっと感じていた。

今だから言えることだが、彼の著作活動はまがうかたなき「陣地戦」なのだ。彼は書物を刊行することで陣地を築き、その分野をおのれの支配下におこうとする。だから、支配を強固なものとするため、シャンソンならシャンソンについて、徹底的に聴き、調べ、分析し、緻密に考察し、まばゆい文章を構築するのである。よしんば第一人者でなくとも、逸することのできぬ権威として、そそり立とうとするのだ。

天才とは塚本邦雄のためにあるような呼称だから、彼が上記の「戦略」をおしすすめるのはある意味で自然の勢いであろう。だが、問題は、そうして産みだされた言説が読み手を「圧伏」しようとする性格を帯びる点にある。知力と美意識の卓越した高みから発せられる言説にひれふすよう、彼は読者に暗に求めている。他の分野ではそれが功を奏するかもしれない。だが、大衆的なひろい裾野を形成している俳句において、そうした「陣地戦」が状況と嚙み合うかどうか、私には疑問に思える。

私なら、高みから教説を吹きおろしたりしない。ひとびとが群がる広場にこっそり紛れいって、突然踊りだすのだ（それが気まぐれなパフォーマンスでないことを見せつけるために、舞踏の技術をしっかり体得するのが肝要だ）。驚きと攪乱を与えるのに成功したら、拍手など求めず、呆気にとられたひとびとに向かってケラケラ笑いながら、その場を立ち去る。比喩的に描写すると、それが私の考える「戦略」だ。

福永武彦『風のかたみ』

『風のかたみ』は、新聞の書評に刺激を受けて買い求めた最初の新刊本のように記憶している。この小説の刊行は一九六八年六月。私が高校三年生のときである。当時、わが家では朝日新聞を購読していたはずだが、どうも、確言できない。しかし、評者が中村真一郎であることは、はっきり覚えている。ほどなく彼が作者の福永とは盟友のような親しい関係であることを知ったが、件の書評は、仲間褒めに堕することなく、親友の長編小説の魅力と達成とに一人でも多くの読者を近づけようとして、「冷静な熱弁」を振るっていた。それに私は刺激を受けたのである。

この場合、ポイントは、買い求めたのが新刊本であることだ。古典として評価の確立した書物や、教育上の観点から名作として推奨される作品を買うのは、いわば無難な「投資」である。けれども、産みだされたばかりの新刊本は、時の風化作用によって真価を試されていないから、それに「投資」するのはリスクがつきまとう。結果として、どぶに金を捨てることになるかもしれない。

しかし、『風のかたみ』に対する「投資」は誤りでなかった。「投資」に見合う物語の魅力と歓びを、この小説は私に与えてくれた。最初の経験が成功だったので、書評を判断の目安にして新著を買うという習性が身につくようになった。読書人の要件ともいえるこの行動パターンに私を導いた本、それが『風のかたみ』である。

時代を王朝にとったこの物語は、身分を超えた恋愛を貫こうとして、ついに壮大な破局を招き寄せる青年の悲劇を扱っている。体制や社会常識と衝突してでも、成就を求める恋愛感情の純粋と魔性――という主題は、そののち長く私を魅了（いや呪縛）した。この点でも『風のかたみ』は忘れ難い一書だ。

いまにして思うが、私の青春は、右に要約した恋愛と社会の関係の図式と格闘し、これを疑問視し、そこから脱却するために費やされたような気がする。破滅を恐れぬほど愛の感情は崇高であり狂暴でもあるという考えに、中年となった現在では「それは違うんじゃないの」と正直に言える。私の考えでは、恋愛は社会と（正確に言えば、わたしたちが暮らすこの市民社会と）折り合いをつけようとするものだ。もちろん「折り合いをつけようとする」のであって、いつもうまくいくわけではない。摩擦や葛藤や不適合はなくなっていない。けれども、恋愛と社会とを、それぞれ固定化したうえで対立させ、前者がその純粋性を守るために社会の壁にぶつかって自爆するという観念には、私が背後にもつ長い歳月がノンをつきつける。

恋愛も社会も「いきもの」である。両者が折り合いをつけるには、恋愛にも良識なり常識なりをいくぶん調合することが欠かせないが、社会の方も変化してもらわなければならない。頑迷で保守的な社会の体質に失望したり、呪ったりするだけでは事態は微動だにしない。ときには変革へ向けて働きかけることが大事だ。こういう信念に達するために、私の青春は費やされたような感じがしないでもない。まったく『風のかたみ』はうまく騙してくれたものだ。

恋愛による破滅を体験することなく現在に至った私に、福永武彦の小説は、種痘のような役割を果したのかなと思えるときがある。若い時分に巣くった危険な観念が、結果として大病に罹らない免疫力をつけてくれたのではないか。だとしたら、これも小説の効用のひとつだろう。

しかし、人間は贅沢で貪欲なもの。実生活では悲劇や破局を避けながら、物語の世界ではそうしたものを求めてやまないのだ。愛に殉じる姿のなんと哀切で美しいこと。最近観た映画『さらばわが愛——覇王別姫』でその思いを堪能した私である。

だから、失われた青春を償う意味で、実現の見通しはないけれど、『風のかたみ』の映画シナリオを書いてみようかなと夢想している。

（一九九四年九月）

3

昔観た映画

記者に向かって撃て――映画評『カタリーナ・ブルームの失われた名誉』

カタリーナ・ブルーム。弁護士宅で家政婦として働く、離婚歴のある独身女性。世間には身持の堅い女として通っていた彼女が、どういうはずみか、カーニバルの夜、パーティーで知りあった男を部屋に泊めたことから、とてつもない災難を抱え込むことになる。男は過激派として西ドイツ警察に追跡されていたのだ。早朝、既にブルームひとりとなった部屋へ乱入する武装警官。傍若無人な家宅捜索。アパートに群がる報道陣、弥次馬。ブルームは引き立てられ、横柄な係官たちにぞんざいに扱われながら、綿密な取調べを受ける。神経性下痢。各紙は、そのなりゆきを、ブルームの近辺を、過去を調べあげ、嘘と誇張で味つけして連日報道する。好奇心旺盛な大衆に投げ与えられる餌。なかでも、この国で最大の発行部数を誇る『新聞《ツアイトウング》』(普通名詞を固有名詞に用いたところに原作者と監督の意図が潜む）が最も悪辣だ。一旦釈放されたブルームは激昂し、『新聞』の記者を部屋に呼び寄せ、射殺する。（そのシーンでの彼女は冷静で意志的だが。）——再び取調べを受ける身となったブルームに係官が問う。

「森の中でカメラマンの死体が見つかったが、あれもお前だろう」

「いけないんですか」

*

映画の動機が西ドイツの警察国家の実態を告発することにあるのを見てとるのは容易だ。恐るべきは、訓練のゆきとどいた精鋭部隊を大量に動員し、市民生活の運行を平然とさえぎるその強権ぶりよりも、被疑者に関するものならどのような些事でも見逃さないその情報収集能力にあるだろう。係官たちは、ブルームの車の走行距離が、通勤や親許との往復などに要すると算出される距離よりなおかつ五万キロもオーバーしている事実をつきつけ、彼女があたかも過激派の「伝書鳩」であったかのようにつめよる。ブルームは呆然として、しかし何かを思い起こすように、呟く。

「……ええ、わたしも今暗算してみました。今までそんなこと考えてもみなかったわ。その出費のことですが、でも、仕事が終ってから時々出かけてました。あてもなくただ車で走っていたんです。…雨が降って独りぼっちの時なんかに。五時には家に帰っていて、何もすることがない……独りでテレビの前に座って酔っ払ってる女の人を沢山知っていますが、そうなってしまうのが怖かったんです。」

警察国家にあっては、権力は市民生活を監視可能な領域にとどめておこうとするだろう。人々の日常の行動は、必ずや目的を持ち、意図を秘め、権力に対して説明しうるものでなければならない。無目的行為、気まぐれは、それだけで不審の眼でみられるだろう。ある日、何とはなしに帰宅の道順を変える、夜の公園の新樹にみとれて佇む、ぼんやりとした不安にさいなまれ銀行の石段にしゃがみこむ……すると、こうみなされ、通報され、書きとめられるだろう。「あやしい奴がうろついている。」

私は、現代文明社会そのものが、警察が専横にふるまいうる原理と物質的手段を与えていることに注意を喚起したい。

高層ビルを短時間のうちに上下するエレベーター、どんな遠距離の地ともたちどころに連絡する電話、猛スピードで疾走する大量輸送機関、高性能のカメラ、録音装置、複写機械、上層の意思決定を正確に反復しつつ下部に伝達する官僚機構。…これらの物質的手段に共通して見出しうる原理は合目的性と能率性だろう。同時に、それは、現代社会を貫き、人々の生産活動と生活を規定し、司っている原理である。

＊

現代社会のこうした抑圧的で息苦しいあり方に対し、当然のことながら、人間の、主に感情や情念の側からする反抗が起こる。それは様々な形態をとるだろう。犯罪、異議申し立て、ドロップアウト、反道徳的風俗、モラトリアム人間等々…。意味するところも規模も異なるこれらの反抗は、放置すれば体制にとって危険なものだ。とりわけ、そのエネルギーが革命運動に流れこむのを最も警戒する。（ハンガリー映画『赤い聖歌』が革命＝祝祭という視点で十九世紀末の農民反乱を描いていたことを、私は思い出す。）人間には気ばらしが、娯楽が、感情の発露が必要であることを理解している聡明な権力は、大衆の感情・情念を発散させることによって統御する諸装置を設けている。壮麗なる国家行事、スポーツ大会（オリンピックから高校野球まで）、カーニバル、祭、場合によっては反道徳的風俗の一部を容認し、むしろ煽ることも含めて。

マスメディア、とりわけ新聞が、煽情主義と感傷主義を売りものにする場合は、明らかにこの装置の役割を果たす。新聞の見世物性に関しては、既に山口昌男の指摘がある。

「……ニュースの持つ見世物性は、その演劇的性格に現われている。三面記事に欠かすことのできないのは一定量の殺人、苦難、不幸といった、小説にでもならなければ楽しむことのできない小物語の寄せ集めである。つまりニュースにはローマの闘技場に似た性格がある。われわれは想像上ばかりでなく現実の「犠牲《ヴイクチム》」を見物する。」

(『歴史・祝祭・神話』所収の『犠牲の論理』)

こうした性格の他に、「民主主義社会」における新聞は、善意を、義憤を、素直な感動を人間らしさの現われとして奨揚する。(そこに既に「懐疑的なインテリ」への揶揄が準備されている。)私たちは、篤志家の「善行」や、戦争で離れ離れになり三十余年ぶりで再会を遂げた肉親たちの「決定的瞬間」や、球児らの「はつらつとした、さわやかな」プレーなどが、大仰な見出しと思いいれたっぷりの(そのくせ没個性的な)文章とともに、大きなスペースを割いて報道されるのを、くりかえし目にしている。

大衆的新聞のもつこのような煽情主義と感傷主義が、過激派非難と結びつくとき、政治的効果は絶大だろう。「彼らは人命を軽視する危険なテロリストです。」第一に、支配層の「論理」で人々を結束させ、異端分子を排除するのに成功するし、第二に、大衆の怒りや恐怖を導き出し、彼らの低次元の正義感を満足させるからである。(大衆からの孤立に大いに責任があると思われる過激派の政治路線の是非について、ここでは問わない。)

だから、カタリーナ・ブルームが『新聞』紙の記者に撃ちこんだ弾丸は、彼女の失われた名誉のためばかりではない。それは、体制安定装置の一環として権力と二重の共犯関係を結んでいるマスメディアを糾弾するものとして、発射されたのである。

*

警察国家は、なにも、韓国にその典型を見出しうるような強権型ばかりではない。「民主主義」をあくまで国是としつつ、種々の装置を備え、それらを巧みに機能させる西ドイツもまた、一方の極の典型だろう。

そして、日本は?

（一九七九年一〇月発行の「京大俳句」第四四号に掲載）

〔追　記〕

ドイツが東西に分割されていた時代、西ドイツ映画はポルノ映画の代名詞だった。敗戦国にとって稼ぎがいいというので、業界が制作に力をいれていた。そうした業界の体質に不満をもつ若い世代が、ゆっくりとではあるが確実に台頭してくる。

鋭い批判精神、理論武装にもとづく発言と著述、外国の作品から貪欲に学ぼうとする姿勢――こうした特徴を帯びた一群の監督の作品は、やがて〈西ドイツ映画の新しい波〉として世界の注目を浴びる。

『カタリーナ・ブルームの失われた名誉』もその流れにのって、京都で上映されたのである。

家族ならざる者たちの肖像——映画評『家族の肖像』

教授（バート・ランカスター）が「一家団欒図《カンバセーション・ピース》」と称される家族画を蒐集しているのは、かつて結婚に失敗し、独り暮らしのまま老境に入り、竟《つい》に家族を形成しなかったことの代替行為なのかもしれない。今日でいえば家族写真に相当する夥しい数の肖像画は、教授の閑居する邸宅にところ狭しとばかり掲げられ、教授を取り囲み、平穏だが起伏のない彼の暮らしを見守っている。

普通、夫婦のみでは家族と言わない。子ども（嫡出であれ庶出であれ）が加わることが欠かせぬ要件である。これに、社会制度や生活習慣を反映してその他の人々が加わることがあり、人数の多寡・範囲は一定しないが、家族の基本的な組み合せは、夫婦と子どもである。つまり、婚姻による水平関係（実際は女性が劣位に置かれているという事情は、ひとまず措こう。）にとどまらず、子どもが加わることにより、未来に向かって繁殖してゆく方向性をこの集団が持っていることが示される。「一家団欒図」は、過去から未来へと連綿と続いている家系に、特定の時点でスポットを当て、光のなかに浮かびあがった人々を「永遠の静穏《セレニテ》」のなかに閉じこめたものである。

＊

教授の望みは、社会生活の煩わしさを避け、これらいにしえの家族たちと夢想のなかでささやかな対話を交わしながら日々を送ることにあったのだが、四人の闖入者たちが彼の平穏な生活を騒々しく掻き乱すところから、映画が始まる。ビアンカ・ブルモンティ（シルヴァーナ・マンガーノ）なるブルジョア夫人が、教授の蒐集癖に巧みにつけこんで部屋を借り受け、愛人コンラッド（ヘルムート・バーガー）を住まわせることで強引に話をつけてしまったのだ。しかも、部屋探しに、実の娘リエッタとその婚約者ステファノを伴って、である。

彼らが取り結んでいる類の関係は、全く教授の理解の埒外にある。実業家ブルモンティの夫人ビアンカは、左翼急進派学生活動家コンラッドを情夫としている。夫には秘密のこの「醜関係」も、娘リエッタには知られているばかりか、彼女もコンラッドと情を通じている。それを承知のうえで、ステファノは婚約者である。彼はエスタブリッシュメント予備軍の有力メンバーだ。

＊

「甘い生活」に現をぬかすこの四人は、十九世紀的知識人であり、何よりも静穏《セレニテ》を愛する教授には、到底折り合っていけないグループのはずだが、やがて彼の眼はコンラッドに熱く注がれるようになる。そのくせのある美貌が教授を強く惹きつける。しかし、彼は心中に湧き起こった情熱を注意深く抑制する。

錯綜した関係の中心に位置するにもかかわらず、コンラッドが政治的に「異物」であることも、教授の親近感を増す一因となる。ある夜、右翼の暴漢に襲われたコンラッドを隠し小部屋に匿い、介抱する。その部屋は、ファシズム政権時代に亡命者、パルチザン、ユダヤ人を保護するため、彼の母が秘密裡に設けたものだ。

＊

更には、コンラッドが教授の精神的嫡子となりうる素質と資格の持主であることが判明する。映画は事例を三つ描く。

まず、コンラッドは学生運動に深入りする前に美術史を専攻していた。「一家団欒図」についての知識すら持っており、教授を感嘆させる。

次に、彼はモーツァルトを愛好する。選び出したレコードはアリア『神よ、私の心を』である。オペラの国イタリアの「教養ある市民」の教養にコンラッドも連なっているのだ。（ただし、レコードを聴く彼は、そわそわしたり電話をかけたり、実に落ち着きがない。）

第三に、彼はオーデンを読む。現代詩の高峰の一つをなすこの詩人が、同時に、古今の書物に通暁し、西欧文明の伝統を深く体得した優れた批評家であることは、邦訳のある『染物屋の手』『わが読書』（いずれも晶文社）を一読すれば明らかだろう。あまたの書き手の中でもオーデンを読んでいることは、コンラッドの選択眼の確かさを表わしていよう。

ところが、彼がリエッタに教えたオーデンの詩句――

美しきものを追い求めよ

女であれ　男であれ　抱きしめよ
恥じらわず　隠さず
われらの生は短い
欲求《おもい》を抑うることなかれ
肉の歓びは墓域に求めえぬゆえ

は、奔放な生活に生きるコンラッドたちと、克己心に富み、古風な道徳を遵守する教授とを分つ分水嶺となる。全裸マリファナパーティーを見咎められて「おじさまたちも若い頃は結構楽しんだんでしょう？」と言い放つリエッタに、教授は答える。「ちがう……」

＊

教授とコンラッドを隔てるいまひとつの要因についても語らねばならない。それは、一連の政治的社会的抗争によって増幅された世代間の対立というファクターだ。

コンラッドは、六八〜六九年に先進資本主義諸国に吹き荒れた異議申し立てと騒乱の息吹を呼吸している。当時、学生を主力とする一群の若者は、既存の社会秩序に反抗し、自明のものとされていた諸制度・諸関係を徹底的に問い直すことを提唱した。左翼諸党派・労働組織・知識人たちを、体制内に「統合」され、反抗と変革の活力を失った役立たずのおとなたちとして（更には「革命」の障害物とまで）批判、攻撃した。コンラッドたちは教授たちの世代を罵倒したのだ。

同様の事態が日本にも起こったこと、はや歴史として我々は語り得る。当時の熱気と騒々しさを記憶している方は多いだろう。しかし、異なるのはその後の事態の進展である。

日本では、あの一連の騒擾と論争は反体制勢力内部に幾本もの深い亀裂をはしらせ、修復困難な状態を作り出す一方、少なからぬ庶民の左翼一般に対する幻滅と拒否反応（連合赤軍事件、内ゲバ殺人など）を招来した。

イタリアでは、青年たちのごく一部は武装路線を突き進み、「赤い旅団」などテロリスト組織に行き着いた。彼らは、いま、イタリア共和国と「戦争」している。これに対し、別の一群の若者は、批判と抗議の権利を留保しつつ、既成左翼との協調もしくは統合の道を歩み、左翼全体の活性化をもたらした。イタリア左翼の中で決定的な比重を占める共産党の回想を聴いてみよう。語るのはジョルジョ・ナポリターノである。「われわれは学生の異議申し立てのさまざまな根源と構成要素とを、社会的なものであれ、イデオロギー的・政治的なものであれ、文化的なものであれ、これを分析することに努め、すべての場面でわれわれの不十分さがどれほど重くのしかかっていたかを検討し、われわれのある種の態度の訂正、われわれのある種の無気力の克服という方向においても、さまざまな結論をそこからひきだすことに努めました。」「一九六九〜七〇年からはじまって、抗議運動を活気づけていた若者の大部分は、わが党との激しい論争のあと、青年同盟や共産党に入りました。この傾向はそれからあとの年月にもつづきました。この若者たちのあいだには、やがてまもなく選ばれて、新しい指導カードルにすすんだものもいます。七〇年後には、党のはげしい、また全般的な若返りの過程が実現されました。」〔『イタリア共産党との対話』〕。ただし、その後、ユーロコミュニズム路線が慎重になりすぎて、再度青年たちが抗議の声をあげたという経過があるが、それは『家族の肖像』が作られた（一九七四）以後のことだから、ここで取りあげなくてよいだろう。

＊

教授とコンラッドとの、同性愛と看做しうる関係は、上述のような諸要素の拮抗と、その微妙な均衡の上に成り立とうとしていた。二人は教養と趣味の点で近似し接続している。だが、教授が、文明の富のなかへの逃避を孤高と錯覚し、「鳥は群れて飛び、鷲は一羽舞い上がる」と自己陶酔的に語るのに対し、コンラッドは辛辣に応酬する。

「されど聖書に曰く、孤独は災いなるかな、堕つれど救くる者なし」――知識と教養を障壁として築くのではなく、人間とのいきいきとした接触を欲する点で、彼は現代の児《こ》だ。

これに、六八年の影響が交叉する。時代の熱気に煽られた旧世代攻撃は、その後の対話の回復の気運のなかで鳴りをひそめたかもしれないが、反権力を身上とし、右翼の圧迫すら蒙るコンラッドと、静穏を好む教授とでは、その立つ場所が違いすぎる。かつ、アルベルト・モラヴィアによれば「六八年は、慣習・風俗に元へ戻ることのできない変化を（少なくとも、イタリアにおいては）もたらしました。親と子、雇用者と労働者の関係に、性関係に、言語、学習、趣味の分野に」（『王様は裸だ』）。マリファナやフリーセックスがその好例とは言わないが、変化の派生物であることに違いあるまい。若者の放恣な姿に、教授は途方に暮れるばかりだ。

映画の中で、リエッタが「コンラッドを養子になさいよ」と冗談めかして言うのに唆されて、二人がみつめ合うシーンがある。いかがわしくも、また傷ましいこのシーンで、教授と美青年の表情は微妙な差異をみせる。コンラッドは「こんな自分を受け容れてくれるのだろうか」という疑念と躊躇《ためらい》。そこには、ブルジョア夫人の愛玩物という立場が不安定であることの自覚と、まともな生活へのかすかな期待すら看て取れる。片や、教授の吸い寄せるような真剣なまなざし。男は「息子」を欲するものだ。自己の精神的資質や人生上の諸体験を受け継ぎ、それらをなぞることによって「おとな」になってゆく男を。

見交すまなざしのなかに、つかのま二人は、二人だけの「家族」の幻を視たのかもしれない。

しかし、事態の急展開により、それは現実のものとなる前に雲散霧消する。政治的陰謀の遠い雷鳴が、教授を中心になごやかに食卓を囲んでいたこのグループを垂直的に引き裂く。もともと政治的に異物であったコンラッドは、口論の果て、ブルジョアたちから切り捨てられ、自殺か他殺か判別のつかない爆死を遂げる。教授宛の手紙――結局それが遺書となったのだが――には「あなたの息子」と記されていた。心痛のあまり病床に臥した教授も、ほどなく息をひきとる。

＊

映画『家族の肖像』は、プラトン的愛の成立が――それが困難となったのは随分昔のことなのだろうが、現代においては殊に、と語っているようにみえる。

更に、傷ましい思いをそそるのは、教授とコンラッドが「家族」の擬制（父―養子）を夢見たことである。「父―子」の組み合わせ（彼らは同時に夫と妻でもあるのだが）は、時間の流れに沿っているように見えても、決して未来へと延びていかない。彼らは生殖とは無縁である。にもかかわらず、「父―子」の擬制に拠ろうとしたのは、血縁関係のない男二人が同居して訝られないための世間向けの方便というよりも、生殖から絶たれている、壊れやすい、不安定な関係を、擬制を採ることで補強しようとする健気な努力の表われなのだろう。コンラッドは遺書においてこれを承認したのだ。

「一家団欒図」に描かれた人々とて、実際は、家族の枠をはみでる欲望や野心を胸中に秘めていたかもしれない。が、「永遠の静穏《セレニテ》」に閉じこめられた彼らは黙して語らない。そして、蒐集家であった主は、竟に「家族」を形成することなく、還らぬ人となった。

（一九八一年一一月発行の「京大俳句」第五〇号に掲載）

〔追　記〕

早くから日本にも紹介され、重要な映画監督とみなされていたルキノ・ヴィスコンティであったが、ファンはずっと小さい規模にとどまっていた。異変は彼の死後、起こった。一九七八年一一月、東京は岩波ホールで上映された『家族の肖像』が評判を呼び、それがきっかけで〈ブーム〉が湧き起こった。公開が見送られていた作品が銀幕に登場し、伝記が訳出され、写真集が刊行され、ついには『ルートヴィヒ』にちなんだ古城巡りのツアーまで企画された。アート系映画が客を呼べることを実証した、象徴的事件である。

映画芸術への招待　杉山平一

〈ノアコレクション・1〉映画の誕生と歩み、技法と芸術性を、具体的に作品にふれながら解きあかす。平明で豊かな、詩人の映画芸術論。　一六〇〇円

三好達治 風景と音楽　杉山平一

（大阪文学叢書2）詩誌「四季」での出会いから、自身の中に三好詩をかかえる詩人の、詩とは何か、愛惜の三好達治論。　一八二五円

わが敗走　杉山平一

（ノア叢書14）盛時は三千人いた父と共に経営する工場がゆきづまる。給料遅配、手形不渡り、電車賃に事欠く経営者の孤独なたたかいの姿。　一八四五円

窓開けて　杉山平一

日常の中の詩と美の根元を、さまざまに解き明かす。明快で平易、刺激的な考え方や見方がいっぱい詰まっている。詩人自身の生き方の筋道。　二〇〇〇円

詩と生きるかたち　杉山平一

いのちのリズムとして詩は生まれる。詩と形象。詩と音楽。大阪の詩人・作家。三好達治、丸山薫、花森安治、竹中郁、人と詩の魅力。　二二〇〇円

巡航船　杉山平一

名篇『ミラボー橋』他自選詩文集。青春の回顧や、家庭内の幸不幸、身辺の実人生が、行とどいた眼光で、確かめられてゐる(三好達治序文)。　二五〇〇円

青をめざして 詩集　杉山平一

アンデルセンの少女のように、ユメ見ることのできるマッチを、わたしは、まだ何本か持っている／新鮮を追い求める全詩集以後の新詩集。　二三〇〇円

希望 詩集　杉山平一

あたゝかいのは　あなたのいのち　あなたのこゝろ冷たい石も　冷たい人も　あなたが　あたゝかくするのだ。精神の発見、清新な97歳詩集。　一八〇〇円

余生返上　大谷晃一

「私の悲嘆と立ち直りを容赦なく描いて見よう」。徹底した取材追求で、独自の評伝文学を築いた著者が、妻の死、白らの90歳に取材する。　二〇〇〇円

また散りゆく　伊勢田史郎

岩本栄之助と中央公会堂　公共のために尽くしたい熱誠で私財百万円寄贈した北浜の風雲児のピストル自殺にいたる生涯と著者遺稿エッセイ。二〇〇〇円

連句茶話　鈴木　漠

連句は世界に誇るべき豊穣な共同詩。その魅力を東西文学の視野から語れる人は漠さんを措いてはない。普く読書人に奨めたい（高橋睦郎）。　二五〇〇円

象の消えた動物園　鶴見俊輔

一つ一つは短い文章だが、批判精神に富み、事物の本質に迫る論考が並ぶ。戦後とは何かを問うてきた哲学者の境地が伝わる（共同通信）。　二五〇〇円

再読　鶴見俊輔

（ノア叢書13）零歳から自分を悪人だと思っていたことが読書への原動力となったという著者の読書による形成。『カラマーゾフの兄弟』他。一八二五円

家の中の広場　鶴見俊輔

能力に違いのあるものが相手を助けようという気組みが生じる時、家らしい間柄が生じる。どう生きるか、どんな社会がいいかを問う。　二〇〇〇円

火用心　杉本秀太郎

（ノア叢書15）近くは佐藤春夫の『退屈読本』遠くは兼好法師の『徒然草』、ここに夜まわり『火用心』、文芸と日常の情理を尽くす随筆集。　二〇〇〇円

わが夜学生　ノア叢書16　以倉紘平

『夜学生』増補〈忘れ得ぬ〉夜学生の生のきらめき。真摯な生活者の姿。母への愛。元夜学教師で詩人が時代を超えて記す、人の詩と真実。二三〇〇円

天野忠随筆選　山田　稔編

「なんでもないこと」にひそむ人生の滋味を平明な言葉で表現し、読む者に感銘を与える。二二〇〇円

草のそよぎ　天野　忠

遺稿随筆集　「時間という草のそよぎ」小さなつぶやきに大きな問いが息づいている。二〇〇〇円

耳たぶに吹く風　天野　忠

遺稿随筆集　詩と散文のあわい、さりげない人生の風景、ことばをとらえる短章集。一九四二円

春の帽子　天野　忠

随筆　車椅子生活がもう四年越しになる。穏やかな眼で、老いの静かな時の流れを見る。二〇〇〇円

木洩れ日拾い　天野　忠

（ノア叢書11）私の会った人、昔の傷、老人と時間、路地暮らし、夢のこと、茶の間の郷愁。一八〇〇円

うぐいすの練習　天野　忠

遺稿詩集　老いの情景を平明な言葉でとらえた詩人の、自らの最後を見届ける完結詩集。二〇〇〇円

私有地　天野　忠

読売文学賞受賞

隅々までとぎ澄まされた、一分の隙もない詩。現代詩の貴重な達成（大岡信氏評）。二〇〇〇円

万年　天野　忠

生前最後の詩集。みんな過ぎていく／人の生き死にも／時の流れも。老いの自然体。二〇〇〇円

夫婦の肖像　天野　忠

「結婚より私は『夫婦』が好きだった」夫婦を主題にした自選詩集。装幀・平野甲賀。二〇〇〇円

沙漠の椅子　大野　新

天野忠、石原吉郎を中心とした詩人論。迷宮である詩人の内奥に分け入る。二〇〇〇円

天野忠さんの歩み　河野仁昭

天野忠の出発と『リアル』、主文社とリアル書店、コルボオ詩話会、地下茎の花、晩年。二〇〇〇円

戦後京都の詩人たち　河野仁昭

『コルボオ詩話会』『骨』『ＲＡＶＩＮＥ』『ノッポとチビ』へ重なり受けつがれた詩流。二〇〇〇円

足立さんの古い革鞄　庄野　至

第23回織田作之助賞受賞　足立巻一とＴＶドラマ作りで過ごした日々。モスクワで出会った若い日本人夫婦の憂愁。人と時の交情詩情五篇。一九〇〇円

佐久の佐藤春夫　庄野英二

佐藤春夫先生について直接知っていることだけを書きとめておきたい――戦地ジャワでの出会いから、大詩人の人間像。一七九六円

竹中郁　詩人さんの声　安水稔和

生の詩人、光の詩人、機智のモダニズム詩人、児童詩誌「きりん」を育てた人。まっすぐにことばがとどく、神戸の詩人さん生誕百年の声。二五〇〇円

ユーモアのある風景　織田正吉

…日本人とユ

雪先生のプレゼント　定　道明

雪《せつ》先生のプレゼントは、何の変哲もない小さな函だった。中野重治「北見の海岸」を追跡旅したあの頃。何気ない日々の移ろいに連れ添う七篇。二〇〇〇円

手足を洗う　ハンセン病回復者と看護師　阿部春代

「看護の原点がここにある！」（群馬大学名誉教授・森淑江）。ハンセン病の後遺症を抱えて生きる人たちと過ごした四十七年の歩みと信仰。二〇〇〇円

遅れ時計の詩人　涸沢純平

編集工房ノア著者追悼記　大阪淀川のほとり中津路地裏の出版社。本づくり、出会いの記録。港野喜代子、清水正一、天野忠、富士正晴他。二〇〇〇円

詩と小説の学校　辻井喬他

大阪文学学校講演集＝開校60年記念出版　小池昌代、

流行の笑い、生活の笑い
ーモアの系譜。漫才、落語、バラエティと長年放送
台本を書いてきた作家の笑話の時代史。二二〇〇円

いだ　山田 稔

たのしかった「こないだ」、四、五十年も前の「こないだ」について、時間を共にした、あの人この人について書き綴る。この世に呼ぶ文の芸。二〇〇〇円

天野さんの傘　山田 稔

生島遼一、伊吹武彦、天野忠、富士正晴、松尾尊兊、師と友、忘れ得ぬ人々、想い出の数々、ひとり残された私が、記憶の底を掘返している。二〇〇〇円

八十二歳のガールフレンド　山田 稔

思い出すとは、呼びもどすこと。すぎ去った人々が、想像のたそがれのなかに、ひっそりと生きはじめる。渚の波のように心をひたす散文集。一九〇〇円

リサ伯母さん　山田 稔

老いにさしかかった人たちを描く短篇集。現実と幻影の境が溶け始める。現実の老いとは違う、詩のような寓話のような老い（川本三郎氏評）。二〇〇〇円

コーマルタン界隈　山田 稔

パリ街裏のたたずまい、さまざまな住人たち。孤独を影のようにひきながら暮らす異邦の人々、異邦の私。街と人が息づく時のささやき。二〇〇〇円

特別な一日 読書漫録　山田 稔

〈ノアコレクション・9〉書物から人生へ、人生から書物へと、きままに往き来する、蘇る人の姿、街のたたずまい。自由闊達につづる。二〇〇〇円

スカトロジア 糞尿譚　山田 稔

〈ノアコレクション・7〉古今東西の文学の中の糞尿趣味を、自在に汲み取る。軽妙、反逆。時代の壁をつき破る書。名著復刊。富士正晴挿画。一八〇〇円

谷川俊太郎、井川……
い、奈良美那、朝井まかて、姜尚中。二三〇〇円
……自筆年譜付。二三〇〇円

山田 稔自選集 Ⅱ

「山田稔が固有名であると同時に、ひとつの文学ジャンルであることは、もはや疑いようがない」（堀江敏幸氏）。忘れ難い人の回顧…追想。二三〇〇円

山田 稔自選集 Ⅰ

『ああ そうかね』『あ・ぷろぽ』から精選された短篇に、戯文をふくむ数篇を加えて編まれた多彩な散文集。「散文芸術」の味わい。全Ⅲ集。二三〇〇円

北園町九十三番地　山田 稔

天野忠さんのこと——エスプリにみちたユーモア。ユーモアにくるまれた辛辣さ。巧みの詩人、天野忠の世界を散歩の距離で描き、絶妙。一九〇〇円

再会 女ともだち　山田 稔

〈ノアコレクション・6〉時代と人の移り変わり。もはや存在しない遠い出来事が、精神の葉々のふるえのようによみがえる。一九〇〇円

幸福へのパスポート　山田 稔

〈ノアコレクション・5〉フランス留学生活で自ら選んだ孤独。内なる感情の起伏と、人々のあわいふれあいを繊細に描く「散文芸術」の復刊。一九〇〇円

マビヨン通りの店　山田 稔

加能作次郎、椎名其二、前田純敬、忘れられつつある死者の姿を鮮やかに描く。「転々多田道太郎」「小説となって腐ってゆく寸前」の魅力。二〇〇〇円

影とささやき　山田 稔

〈ノア叢書7〉作家で仏文学者の著者がさりげない日常風景の中に描く時代の光と影。フランスでの日日、師との出会い、小説仲間との交流。一八〇〇円

郵便はがき

恐縮ですが、
切手を貼って
お出し下さい

531-0071

［受取人］

大阪市北区中津3－17－5

株式会社
編集工房ノア 行

★通信欄

通信用カード

お願い

このはがきを、当社への通信あるいは当社刊行書のご注文にご利用下さい。
お名前は愛読者名簿に登録し、新刊のお知らせなどをお送りします。

お求めいただいた書物名

本書についてのご感想、今後出版を希望される出版物・著者について

◎ 直接購読申込書

(書名)	(価格) ¥	(部数) 部
(書名)	(価格) ¥	(部数) 部
(書名)	(価格) ¥	(部数) 部

ご氏名　　　　電話
（　　歳）

ご住所　〒

書店配本の場合	取	この欄は書店または当社で記入します。
県 市 区　　書店	次	

4　短いエッセイの吹き寄せ

出発は訪れず

京都を震撼させた鳥インフルエンザ騒動のとき、私も現地へ派遣されることになっていた。職制から打診があったが、強制ではなかった（志願しなかった人はかなりいる）。一回行ってほしいと言われ、了承した。緊急事態をなんとかしたいという思いが、不安や逡巡にうちかった。くわえて、あの異様な白装束で鶏を袋につめる作業は、もう二度とめぐりあえないであろう得難い体験のように思えて、好奇心が加勢した。

ところが、知事が記者会見で「鶏の腐敗がすすんでいるので作業を急ぎたい」と発言したのを新聞で読み、途端にひるんだ。腐臭、これは計算にいれてなかった。鶏舎はどんな臭いがするのか、まして多数の屍からどれほどの悪臭がたちのぼるのか、考慮しなかったのは迂闊だった。

要請を受けて自衛隊が急遽動員され、私の「召集」は出発の二日前に解除になった。正直いってほっとしたが、拍子ぬけの気持ちもあり、やはりあの異常な「処理」作業に従事しておくべきだったという不完全燃焼感がいまもくすぶる。

行けなかった鶏舎の写真をじっくり見る。強制収容所という思いがこみあげる。鶏たちのアウシュビッツ。まだ生きている鶏が引き出されるのを嫌がって抵抗するとき、いかばかり凶暴で危険なのか、屍と化した鶏がどれほど重いのか、いずれも体験しなかった私が、静まりかえった死の工場といった印象の空間をじっくりながめる。

（二〇〇四年七月）

パンの耳

パンの耳が好きで、ときどき買う。あのむっちりした歯応えと香ばしい味が好きなのだ。通常なら二五〇円から三五〇円する食パンとほぼ同量のものが、五〇円から百円の安値で手にはいるのだから、得した気分にもなる。

でも、――と考えることがある。捨てるよりは安値でも売ったほうがまし、といった扱いのパンの耳を買うとき、べつに気おくれやひけめを感じないのは、私が確固とした定収入で暮らしているからだろう。退職している歳ではないし、身なりもこざっぱりしているので、生活に困窮している様子には見えないはずだ。よしんば、みみっちいとまわりの目に映っても、私は経済的に安定しているという自信で、そんな視線を撥ねかえすことができる。そこで、平気でパンの耳をたびたび店員の前にもっていけるのだろう。
だから、問題は、私が定収入を失ったときである。そのとき、いままでどおりひるまず臆せず、パンの耳を買いつづけるだろうか。切りつめた暮らしをしていると思われたくない、と急に面子を気にするのではなかろうか。好きで買うのに、自意識が体裁をとり繕って、こころがぎくしゃくするのではあるまいか。定収入を失うと、さまざまな精神的な支柱もぐらつきそうな予感がして、面白くない。その時分までにパンの耳に飽いておれば、ちょうどいいのだけれど。

（二〇〇五年三月）

強いられた闇の中の考察

二〇〇六年九月一七日のこと。台風一三号がまともに通過するというので、両親とともに早めに夕食をすませた。勝手口をほそく開けて外をうかがうと、風は吹き募るというより、すでに荒れ狂うといったほうがいい有様である。これでは避難勧告がだされても出られない、「籠城」だな、と決め込んだ。

買ったままにしておいた阿部謹也の『ハーメルンの笛吹き男』（ちくま文庫）を読んでいると、午後八時ちょっと前に停電した。遠くでブォンともバシッともつかない妙な爆発音のようなものが鳴ったと思ったら、家中の明かりが一斉に消えた。暗いなかに家族が分散しているのはよくないので、テレビが据えてある間に三人が集まった。父が大きな蠟燭を灯して、小学生の頃は学校から戻るとこの程度の明かりで勉強したものだ、と話す。一九三三年に、事情があって、愛媛の山奥からこの山口県宇部市に一家が移り住むまでは、電気のない農家でランプの明かりだけで暮らしていたことを聞くのはこれが初耳ではないが、闇に囲繞され、かぼそい光のゆらめきをみつめながら聴いていると、往時の様子が戦後育ちの私にも実感できそうな気がする。

私はついさっきまで読んでいた『ハーメルンの笛吹き男』のことを思った。阿部謹也が描写する中世の世界は、夜ともなれば、まさにこの程度の明かりしか屋内になかった。現代のわれわれにすれば照明とはよべない乏しい炎を頼りに、ごく一部の役人や知識人や聖職者が、思索し、古文書・古写本を読み、また文書を記したのだ。そうして生みだされた（たった一件しかない）文書が、後代に伝えられる。まるで、闇に圧倒されながら健気にも著述活動を支えるために、燃えつづける淡い光のごとく、その文書は闇と闘いつつ、時代を渉っていく。

電力の消費量の増大と、書籍の増加とはまったき比例関係にある。ほとんどの地域に電気がゆきわたった日本社会では、煌々と明かりのともった部屋で、深夜でも、本を読み、ものを書くことが可能となった。乏しい明かりのなかで思索を深めずとも、部屋中に資料をひろげてあちこちを引用・参照しながら――いわば書物から書物を引きだすように――文章を量産できるようになった。こうした事態の出現は、人類史のごく最近の局面に属するにすぎない。これを便利と呼ぶか、過剰とみるか――おそらくその双方だろうが。問題はこうした事態がいつまでつづくか、だ。停電に急襲された私のように、ある日突然、この便利が瓦解するかもしれない。

翌日の夕刻、午後六時前に、二二時間もたってようやく電気が通じた。

（二〇〇六年一一月）

地の恵みが視えない

十数年前のころ、京都府のほうぼうに出張することがあった。たいてい公用車ででかけるのだが、私は免許をもっていない。運転は同僚の役目である。運転に専心しなくてよいので、おのずと外の風景を眺めることになる。いわゆる田舎の景色のなかを車は走っていく。そんな晩秋のある日、〈異変〉に気づいた。

車窓にしばしばあらわれる柿の木が、どれもこれも、実がなったままなのである。もったいない、だれも収穫しないのだろうか。なりっぱなしの果実を、失敬する悪童もいないのか。いったん気になると、いきおい柿の木に関心が集中し、私は風景のなかにそればかり探している。目にとびこんでくる木の多くは、枝もたわわにという風流な形容の域を超え、びっしり垂れさがるくだものの重みに、全身で喘いでいるように見える。はやく摘んでやらないと、樹そのものを傷めることになるぞと忠告したくなる。あれがみんな渋柿とは思えない。なぜ熟れるがままに抛っておくのだろう。

胸中にわだかまったこの疑問を、別の日、山里に実家をもつ友人にぶっつけてみた。彼は、いまごろ気づいたのかとでも言いたげな表情をかすかに浮かべて、こう教えてくれた。――いまじゃ田舎でも、子どもも若者も大人もスナック菓子が好きで、柿に見向きもしない。ましてや、渋柿を剝いて干すなんて手間のかかることは、もうやらない。老人に柿好きはいるけれど、食欲のおちた年寄りが食べる数なんか知れている。

さて、去年の春に勤めを辞めて、故郷に戻ってきた。自宅の周辺は、宅地化がすすみつつある農村地帯といえば、ようすを想像してもらえるだろうか。一種の郊外であって、かつて出張の途次にみかけたような柿の木は、あまり目にしない。その代わり、柑橘類を庭の一隅に育てている家があちこちにある。八朔・柚子・檸檬などだ。ところが、である。新年を迎え、実が色づき、とりいれの時期がきているのに、摘まずに放置している家が多いのだ。これは理解に苦しむ。柿と違って柑橘類は、果肉を食べるだけではない、ジュースにしたり、蜂蜜と湯を加えて温かい飲みものにしたり、調味料として料理に用いたりと、用途がひろいはずだ。なのに、どうしてなりっぱなしにしておくのだろう。
「なり物」がもたらす幸福感、豊穣という感覚を、感受できない人があきらかに増えている。この社会に、たしかに〈異変〉が進行している。

（二〇〇七年四月）

死体が水面に浮かぶまで

自慢じゃないが、うつ病に罹ったことがない。そもそも「うつ」がどのような状態なのか、見当がつかない。

そんな私も、気がふさいだり、倦怠感でどんよりしたり、悲観的になったりすることは、もちろんある。二、三十代のころは、そんな精神状態が〈周期的に常態化〉していた。ややこしい表現をしたが、事情はこうだ。

休日はほぼ昼ちかくまで寝ていた。もともと低血圧で寝起きが悪いのにくわえて、休みだから疲労が回復するまで眠りたいという気持ちが強かった。なかば覚めているのに、なかなか起きあがらないのが癖になっていた。そんなとき、うつらうつらしている意識のなかに、否定的な感情がつぎからつぎへと湧きでてくるのである。「自分はだめな人間だ」とか、「こうしてただ若さを失っていくだけなのか」とか、「みんな人生が順調なのに、俺だけうまくいかない」とか、「世間から見放されている」といった思いである。

これは、内向的・悲観的というより、ほとんど自虐の域にたっしたマイナス感情であって、それにからめとられたまま、まどろみの底のほうへ、精神が沈んでいくのをどうすることもできない。そんな状態の私は、いわば沼の底へ沈んでいく死体のようなものだ。つぎつぎに湧きだすマイナス感情にからだが重くなって、水中をゆっくり落ちていく。

が、突然コツンと、からだが何かにぶつかる瞬間がある。沼の底に背中があたったのだ。ほんのすこし弾かれて、からだが浮く。それがきっかけで、今度は逆に水中をからだが上昇しはじめる。からだを重くすると思えたマイナス感情は、じつは、精神がはっきりそう対象化することによって吐きだしていたらしく、私という死体はどんどん軽くなり、浮力を増していく。そのうち、明るい水面がぼんやり見えてくる。ああ、起きられそうだという気分になる。ついに、ぽっかりと死体が水面に到着する。起床したときは普通の気分になっている。

就眠儀式なることばがあるそうだが、以上述べたことは私特有の「起床儀式」であって、二、三十代のころは、この儀式を休日のたびに周期的にくりかえし、それによって否定的な感情をうまく吐き出していた――と、いまでは思える。四十を越えてのちは、この起床儀式を行わなくなった。その必要がなくなった。とはいえ、永いブランクは私の真の安定を意味しているのだろうか。当人が自覚しないだけで、もろもろの否定的な感情がいつのまにか私を蝕んでいるのやもしれぬ。冒頭、うつ病に罹ったことがないとうっかり明言してしまったが、将来のことはわからない、と言い足しておこう。

（二〇〇七年九月）

今頃になって

ネット販売「アマゾン」で、私の第一句集に一万円の値がついていると、ある俳友が教えてくれた。私がインターネットと無縁の生活を送っているので、知らないだろうと思ったのだ。たしかに知らなかった。そのとき、驚きとともに、心のなかに二つの思いが湧いた。

一つ、「著者の了承を得ずに、そんな値をつけて」という不満。二つ、「そうまでして読みたい本だろうか」という疑問。以下、順次説明を加えておこう。

まず、「著者の了承を得ずに、そんな値をつけて」という不満だが、古書の売価が需要と供給の関係で決まること、著者のコントロールが及ばないことは、私も承知している。それでも、一九八三年の出版時に千円の価格をつけた私の志を思い起こすと、一万円にはひっかかるものを感じる。

当時、自費出版の句集に、二二〇〇円とか二五〇〇円といった目がとびでるような売価をつけるのが当たりまえの風潮になっていた。製造経費を発行部数で割るとそうなるのだろうが、ほとんど実績のない新進俳人までその風潮に倣うのは、私には馬鹿げてみえた。実際のところ、部数の多くは贈呈にまわされるのだから、残りが完売となっても、製造経費は回収できないのだ。だったら、すこしでも買いやすいように安い値段に設定しよう——私はそう考え、実行に移したのである。なのに、「あまり安い値段をつけると、軽くみられるわよ」と真顔で忠告する人がいるのには、心底呆れた。こんな経緯をもつ句集だからこそ、一万円の高価にはひとこと言いたくなる。

次に、「そうまでして読みたい本だろうか」という疑問について。私の第一句集の部数は三〇〇。うち、七〇だけ贈呈にまわし、残りは買い手をまつことにした。買いやすいようにと千円にしたのも、どれだけ売れるか試す気もちがあったからだ。でも、売れなかった。残部二三〇がすべてはけるのに、約十五年かかった。つまり、一九九八年頃に——売ったり、贈呈したりした挙句——ようやく在庫がなくなった。

私の俳句が不人気なことにはうすうす感づいていた。ではあるが、俳句人口が三〇〇万もいるのだから、二三〇部くらいなんとかなるだろうとみていた。それに、刊行時、朝日新聞の時評で金子兜太がとりあげてくれたので、出版の事実が知られていないわけではない。ところが、とんだ見込みちがいだったのである。

古書売買の市場で、私の第一句集はこれからも値が上がるかもしれない。でも、それなら、「なかなか減らないなあ」と在庫を抱えつづけたあの十五年の歳月はなんだったのかと、複雑な気もちになる。

（二〇〇八年三月）

祥月命日

私の家の仏壇には、位牌が五位ある。没年順に紹介すると、一九四〇年の伯父（父の兄）、五一年の叔母（父の妹）、五九年の祖父、二〇〇〇年の祖母、そして今春に急死した父である。

伯父と叔母は独身のまま病死したので、わが家に安置している。父には他に、ふたりの妹とふたりの弟がいるが、妹はふたりとも嫁ぎ、弟はふたりとも養子となったので、死後は他家の仏壇に安置されることになる。死者の管理において「家制度」がかくも貫徹している現状に、かなり複雑な気持ちになるが、反面、それによって負担が軽くなる利点も認めなければなるまい。

さて、没した月はというと、伯父と祖父が三月、叔母と祖母は一二月であった。そこに、三月に逝った父が加わった。祥月は三月と一二月のみ、しかも男女別にくっきり分かれる。私はうーんと唸ってしまう。薄気味悪いのではなく、「こういうものなのかなあ」という、少し呆気にとられた感興である。これから年を重ねる私も、三月は用心したほうがよさそうだ。

三月に命日が集中すると、墓参りに問題が生じる。春彼岸を入れて、月に四回墓参しなければならない。同じ市内であっても、墓地はわが家から離れた所にあるので、ややもすると「しなければならない」という気分になる（私は車の運転ができないから、なおさらだ）。からだがしゃんと動くうちは、義務感を押したてれば、月に四回の墓参りを実行するだろうが、古稀を過ぎ、傘寿にちかづいてなお、そんな気力が保てるものかどうか。死者の待遇に差を設ける、という課題にいずれ向きあうことになろう。

父は世帯主だったので、市営の共同墓地の一画をひきつづき使用するには、継承の手続きが必要となった。公務員だった私は、こうした手続きが欠かせないものであることが理解できるので、書類を揃えて役所にでむくのは苦にならない。で、新たな許可書が交付され、そこに私の名がはっきり記されているのを見たら、すこし気分が重くなった。共同墓地の光景を思いうかべたのである。しばしば参る者があって掃除がゆきとどいている所、供花が枯れたままの所、墓石のめぐりが雑草だらけの所、区画を所有しても墓石を購入する資金がないのか、いつまでたっても朽ちた卒塔婆が立っている所など、家ごとの表情はさまざまである。いずれ私も、いろんな意味で試されることになるのだな、と思う。

（二〇〇八年一二月）

キューバから遠く離れて

一九七一年か七二年のこと。季節を覚えていないが、夏ではなかった。学生だった私は、ある夜、友人に会うため、京都は洛北一乗寺にあったアパートを訪ねた。初めて訪ねた木造アパートの古ぼけた廊下は、冷え冷えとして暗く、各部屋の入口の番号が読みとれない。廊下で友人の名を叫ぶわけにはいかず、困った私は、最寄りのドアをノックして目当ての一室の位置を訊くことにした。ノックに応えて姿を現した男子学生は、しごく事務的に友人の部屋を教えると、ドアを閉めた。そのわずかの時間に私は、彼の部屋に貼ってあるポスターを目にした。それは、キューバのサトウキビ刈り作業での労働奉仕を呼びかけるポスターだった。

たまたま見かけたポスターだが、海外旅行がいまほど盛んでなかった当時、はるか遠方のキューバへの参加を募集するその図柄とメッセージは、とても新鮮で、大胆で、かつどこか現実離れしていた。公安警察ではあるまいし、じろじろ観察するわけにはいかず、強い印象を抱いたまま私はその場を離れた。

キューバとの連帯を謳うこうしたポスターを目にしたのは、それっきりである。通っていた大学の構内でも街路でも、その後見かけることがなかった。友人との会話に、サトウキビ刈りボランティアの話題が出ることもなかった。そんな企てはそもそも存在しなかったと言わんばかりに、平穏な時代がずっとつづいていくと、あのポスターは、私の目の錯覚だったのではないかという気になってくるから、妙なものである。

ところが、最近、日本からキューバへボランティアとして旅立った人が実際にいることを知った。朝日新聞記者の伊藤千尋氏。「デイズ・ジャパン」三月号の小特集「私のゲバラ」に一文を寄せた伊藤氏について、紹介文にこうあった。

学生時代にサトウキビ刈り国際部隊のボランティアとしてキューバの農場で半年間、働いた。部隊の名がゲバラを象徴する「永遠なる勝利の日まで」だった。

これを読んでほっとした。やはり目の錯覚じゃなかったんだ。突然ドアをノックした私に、行き先を教えてくれたあの学生が、キューバに行ったかどうか知らないけれど、あの時代、国際連帯の精神を掲げたそうした運動に共感する青年が、この日本にもわずかだが存在したことが確認できた。たわいない、ささいなできごと。それでも私は、喉にずっとひっかかっていた魚の小骨がやっととれたような、安堵感めいた気分を味わっている。

（二〇〇九年四月）

一五〇〇円のランチ

　俳人の柿本多映さんのご実家は、近江の三井寺である。この春、福岡市博物館で「三井寺展」が開催されるにあたり、柿本さんから招待券のご恵贈に預かった。京都に暮らしていた頃、柿本さんに三井寺をじっくり案内していただいたことがある。非公開の国宝の建物も含まれていたが、建物だから見せてもらえたのであって、いくらなんでも、寺に厳重な管理が義務づけられている国宝の文書・調度品まで拝観できるわけがない。今回の展示では、そうした文書類が多く実見できるとあって、さっそく出かけることにした。期待に違わず、それは、新幹線に乗り、博多に宿をとってまで観にゆく値打ちのある催しだった。

　滅多にでかけない所なので、少し張り込んでおいしい昼食をとることにした。事前に調べると、会場の近くに好みに適うレストランがみつかった。

で、当日出向いてみると、じつは明日で閉店だと言う。作り話のようだが、ほんとうである。昼食はバイキング方式であり、一五〇〇円を払って中にはいる。数種類のスパゲッティと数種類のサラダが二本柱となっており、パン・デザート・飲み物がこれに加わる構成である。ホテルなどでみかける肉・魚の料理、惣菜のたぐいはない。それほどスパゲッティとサラダには自信を持っており、まことに美味であった（この文を書いているいまも、また食べたくなった）。味に問題がないのなら、閉店の理由は客足がへったこと以外考えられない。経営コンサルタントなら、単価を一〇〇〇円程度に下げて、その分食材の質を落としたり、味を落としたりすればよいと忠告するだろうが、そうまでして営業を続けるつもりはないらしい。客商売なのに客に媚びる気がないのは、奇妙でもあり、意地を貫いているようでもある。

レストランは、高額所得層を居住者に想定したマンションが並びたつ住宅街の一角にある。コンビニとか、居酒屋や牛丼のチェーン店があったとしたら、誰の目にも場違いと映る、そんな界隈なのである。開店の頃は、ここの住人なら昼食に一五〇〇円を出費するゆとりがあるだろうから、店はやってゆけると見通していたものだろう。

それが最近になって事情が変化したのだ。高級そうに見えるマンションの中に暮らすひとびとに、どんな変化が忍びよったのか、通りすがりの観光客にはうかがい知ることができない。

（二〇〇九年八月）

家族の役割分担

今年の歳末（二〇〇九年）から、デパートを介してお節料理を取りよせることにした。大都会では珍しくないこの便宜の享受が、ありがたいことに、人口が十数万のわがふるさとにも地方資本のデパートが一店だけあるので、可能なのである。

わが家では、お節料理をつくるのはずっと両親の役目だった。家庭料理に毛のはえた程度のものであっても、お節は品数が多い。食材をこまごまと揃えなければならないし、とりかかる手順を考えるのは複雑な方程式を解くのに似て面倒であり、なによりも調理に時間がかかる。とても母ひとりでは捌けないから、父も助勢するのが常であった。ところが、昨年の春に父が急死した。その年末は、八四歳の母がすべてやりきったのである。料理下手のわたしは、傍でみていて気の毒になった。そろそろ母をお節料理から解放してやらねばなるまい。

でも、手づくりでお節料理を調えつつ、正月を迎えるこころの張りをつくりだすのを習慣としていた母から、その思いこみのつっかえ棒をとりのぞくには、高齢だから負担を減らしてあげるという思いやりだけでは、説得の理由として弱々しい。そこで、取りよせお節によるグルメ旅行という演出を加味することにした。母さん、毎年注文先を替えてみようよ、居ながらにして各地の料亭やホテルで食事をしている気分が味わえるでしょ。

実際のところ、予約受付用のパンフレットには、金沢の「つば甚」、松江の「皆美館」など、訪れてみたい旅館や料亭が含まれている。この取りよせ方式が好評で定着するなら、他の老舗も参入するかもしれない。

パンフレットを手にあれこれ空想を楽しみつつ、しかし、一方で心にひっかかるものを感じる。京都のさる有名料亭の品は、十二万円以上もするのに早々と「この商品は予定数を終了しました」と紙片が貼られてある。ワーキングプアと称されるひとびとの、月収に相当するであろう金額を、（たかが、と敢えて言おう）お節料理に消費するのは、私には常軌を逸したふるまいに思える。ただし、そのワーキングプアのひとびとの眼には、彼らにとって高額にすぎる値段の重箱を取りよせて悦にいる私のような人間も、いまいましい存在に見えるに違いなかろう。

大晦日の当日、料理を受けとりに行くのは私の役目となった（七〇〇円の配達料を払えば自宅に届くのだが、その出費は惜しむことにした）。役割分担が増えたり減ったり、組み替わったりする。家族と同居するとは、そういうことなのだとつくづく思う。

（二〇〇九年一二月）

お客さま！

「えきなか」ということばがある。都会では普通に使われている日常語だろう。大規模な駅の、改札口をとおった構内にある飲食店を指すことばだ。東京は上野駅のとある「えきなか」で、昨年の師走、わたしはへまをやらかしてしまった。

その日、友人と会ったわたしは、地下鉄日比谷線で上野駅まで来た。昼飯どきである。午後には別の友人と会うことになっており、ＪＲ山手線に乗る前に、腹ごしらえにとその「えきなか」でパスタを食べることにした。つづけて友人と会うにしても、両者とも俳句関係の人間ならば、話題が重なることがあるし、あっちで喋ったことをこちらにも転用できる場合さえあるので、心の切換えをさほど意識しなくてよい。しかし、その日は、それぞれ別方面の友人だったため、気分を一新して、次に会う相手とはどんな展開になりそうか、といったことを考えながら食べていた。

食べ終えて店をでて、ガラスドアのところで、さっき改札口をとおしたばかりの切符がちゃんとあるかどうかポケットを探っていると、背後から「お客さま！」と鋭く呼びとめられた。忘れものをしたかと振り返ると、若い女の店員が伝票をつきつけた。しまった、パスタ代を支払わずに出てきてしまったのだ。

狼狽しつつ店内へ戻った。この上野駅では、「えきなか」も、改札口の外の飲食店も、注文時にお金を渡すタイプと食事後に支払うタイプとが混在しており、考えごとをしていたわたしは、無意識のうちに勘定をすでにすませたものと思い込んで、店をでたのだった。でも、店員は「この食い逃げ野郎」といった険しい目をせずに、にこにこしながらわたしの支払いを待っている。それはそうだろう。こちらの身なりや挙措を見れば、食いつめている人間かどうかはわかりそうなものだ。だいいち、食い逃げ常習犯なら耳まで赤くなりはしない。

とはいえ、さすがにきまりが悪くて、今度は足早に店から離れた。ごったがえす通路の人波に呑まれながら、あのときドアのところで立ちどまらなかったら、どうなっていたかを想像した。

上野駅は広くて、階段や通路でつながる駅の構造がこみいっており、とても混雑している。あわてて後を追う店員が、沸きかえるような人ごみのなかでわたしを見失ってしまえば、食い逃げ「成立」である。ただし、当方に食い逃げをしたという自覚はまるでないのだが。

もし、辛うじて追いつくことができたとしたら、どうか。息せききって「お客さま、支払いがまだですよ！」と叫ぶ声に、周りの通行人が足をとめるにちがいない。「なんだ、こいつ、食い逃げか」という非難のまなざしが取り囲む。そうなったら、耳どころの話ではない、つむじから足のつまさきまで、それこそ火を噴くように真っ赤になったであろう。

（二〇一一年四月）

人は流れているけれど

東京駅の構造についてよく知らないから、間違っているかもしれないが、その空間をひとまず〈地下〉と呼んでおく。

新幹線の改札口をでると、すぐ前のちょっとした広場がそのまま幅ひろい通路につながっており、いつも人でごったがえしている。山手線などＪＲ各線に乗り換えようとする流れ、逆に新幹線をめざす流れ、その他の動きが絡みあい、常時混雑している。このひと連なりの空間が、私の受けとめかたでは〈地上一階〉なのである（では、階段かエスカレーターを使って上がっていく各プラットホームは、地上二階ということになる）。〈地下〉は、その地上一階の下にひろがっている。

そこになにがあるか。もちろん便所がある。コインロッカーがある。地上一階と同様、いろんな店舗がある。ただし、そこの店舗はおしなべて高級志向なのである。商品の品揃え、値段、包装、あかぬけて上品な店の雰囲気、どれをとっても懐具合がいい顧客を想定しているようだ。心なしか、買物客や通行人も身なりのいい人間が多いように見える。ワーキングプアと称される人が通りかかったとしたら、自分に買えそうなものはあまりないと直ちに気づくであろう、そんな地下空間である。

じつを言うと、そこに私のお気に入りのリゾット専門店があり、新幹線に乗車する前にいつも立ち寄ることにしている（故郷まで五時間以上かかるため、遅くとも午後二時台の「のぞみ」号に乗らねばならない私の、腹ごしらえというわけだ）。カウンターだけの狭い店で、しかもわかりにくい場所なのに、客がとぎれない。リゾットとサラダを注文すると千円札が二枚要る、そんな店が、密かに根強い人気を保っている。

もうひとつ、その地下が貧乏人を相手にしませんよと宣言しているような象徴的存在がみつかる。それは外貨両替専門店だ。アメリカドル、ユーロ、人民元、韓国ウォンといった主要外貨に限らず、海外旅行の広がりと多様化を反映していろんな外貨を扱っている。そもそも生活が苦しかったら海外旅行をしないし、またできない。かなりゆとりがなければ利用しないであろう外貨両替専門店が、公共空間たる東京駅に出現している。
　駅の〈地上〉では、富者も貧者も、暮らしにゆとりがある人もない人も、渾然となってゆきかっているのに、その地下には、見えない網が漉しているのか、ある水準に達していない所得層は姿をあらわさないようだ。ふつう金まわりのよい人間は高いところに住むものだ。下町に対する山の手、水はけの悪い平地を避けて高台に、といった具合に。けれど、その地下へ、そこは地下であるのに、低所得層のひとたちはあまりやって来ない。

（二〇一一年一二月）

西行という男

「近こう寄れ」と崇徳帝が命じる。庭には佐藤義清が、のちに出家して西行と名のる男が、控えている。「近こう」と帝がうながす。しかし、義清は北面の武士であり、御殿に上がることは許されない。彼にできるのは、階のもとににじり寄ることまで。すると、崇徳帝が御簾のなかから現れ、階を降りてゆく。なにをするかと思ったら、義清の手をとり、それに頬ずりしながら、「朕はそちだけが頼りなのじゃ」と哀れっぽい口調で告白しはじめた。大河ドラマ『平清盛』の一場面である。

観ていたわたしはあっけにとられた。かくもあからさまなホモセクシャルの感情表現に、ＮＨＫの看板番組のなかで出くわすとは——。

実際にあったことかどうか、おおいに疑わしい。興味本位の憶測にもとづく潤色だろうが、それにしても度が過ぎる。どうやら『平清盛』の脚本家も演出担当も、実在の天皇にスキャンダラスな彩色を施すことに、遠慮や躊躇をほとんど覚えていないらしい。不敬罪があった戦前はもとより、戦後もしばらくの間は、こうした誇張を天皇像に加えるのはタブーであったはずだが。まさに隔世の感がある。

でも、わたしはヒントをもらったような気がした。上田秋成の『雨月物語』を思い起こしたのだ。巻頭の『白峯』の話である。保元の乱に敗れ、讃岐の配所で憤死した崇徳帝の怨霊と、墓陵参拝に訪れた西行とが、深山の闇のなかで論争し対決するという怪異譚である。

白峯陵は山頂にある。追剥がでるかもしれない山路をたどり、危険を冒してまで詣でる西行の熱意には、昔の主君への忠誠心だけでは説明のつかない別種の感情が、どうやら潜んでいるようだ。この時点で、帝は謀叛の張本人として忌み嫌われているから、かつての忠臣の行動にしても一線を超えていると評するしかない（朝廷が怨念を鎮めるため、崇徳院の諡号を贈ったのは、それから九年後のことである）。

そもそも、怒れる霊と対決する西行の、一歩も退かない姿勢が、奇妙といえば奇妙だ。峰谷がゆれ動き、風が吹き荒れ、小石が巻きあがるほど激しく憤怒をぶちまける崇徳帝。なのに西行は、謀叛の真意を質し、悪霊としてふるまうことの罪を責め、ながながと論駁するのだ。まるで、いかに言い返そうとこの怨霊がわたしに危害を加えることはないのだと、確信しているかのごとく。

こう考えると、魔界の帝が不満と呪詛のありったけを吐きだしたのは、こころを許す特別な存在として西行をみていたからなのだと思えてくる。

あるいは、崇徳帝は西行に抱きつきたかったのかもしれない。出家したとはいえ、武術で鍛えた逞しさをなお具えている、五十をこえたばかりの西行のからだに。一一六八年のこの逸話が、はたして大河ドラマ『平清盛』のなかで描かれるのかどうか。

（二〇一二年四月）

処分された小説

こういう話題は固有名詞をはっきり示すほうがよいので、そうしよう。わたしの地元宇部の市立図書館でのできごとである。

まだ京都で暮らしていた頃、帰省すると、ときどきこの図書館を利用していた。あるとき（かなり以前のことだが）、外国文学の棚にアレッホ・カルペンティエールの『春の祭典』をみつけた。おおっと感嘆の声を洩らしたくなるほど、嬉しかった。キューバ革命を扱ったこの長編小説を、通いながら読破するのは時間がかかる。いつか京都を去って地元の人間になったら、借りてじっくり読もうと考えて、そのままにしていた。

ところが、昨年のある日、『春の祭典』のことを思いだし、あの棚の前に立つと、本が消えている。その瞬間、いやな予感がした。宇部は人口十七万の地方都市であるが、カルペンティエールの熱心な読者は、たぶん三十人もいないだろう。とすれば、今たまたま誰かが借りていて、本が棚にないのだとは考えにくい。

受付で訊ねた。コンピュータの端末で検索した若い女性は、「当館にはありません」とそっけない。「以前、この目で見たんですが」とたたみかけると、「処分されています」と回答した。それで事情が呑みこめた。

およそ十年くらい前から、全国の図書館が〈無料の貸本屋〉へと急速に変貌していった。宇部市立図書館もその風潮に身を投じたのである。いまや図書館を、人類の知的遺産を保存・継承する機関とみなすのは難しい。そのような理念を蹴り捨て、「住民のニーズに応える」を金科玉条に、実用書やよく読まれる話題の本を重視して、とにかく利用者を増やそうと努めている。公務員だったわたしは、この変貌を一概に否定しにくい。税金を払うのは住民であり、その住民が望む書物を優先して提供するのが施設の使命だ、という理屈には、関節でしっかり組みあわさった骨のような強さがあるから。

図書館の職員は忙しく働いている。忙しそうに、ではない。彼ら彼女らは実際みな忙しいのだ。それでいて、応対は親切で礼儀正しい。無料の貸本屋のスタッフとしては申し分ない。けれど、そんな多忙な業務を低賃金でずっと続けても、図書館職員としての知識・技能が向上するとは思えない。そもそもそうした知識・技能は求められていないようだ。

でも、昔は違った。カルペンティエールの『春の祭典』を購入に値すると認めた職員が、人口十七万の地方都市の図書館にもいたのである。世界文学の動向にひろく関心をむけていた本の目利きが、わが宇部にもいたのである。その事実を、きちんと書き留めておこう。

（二〇一三年五月）

三〇〇のまなざし

二〇二〇年の秋、作家の旭爪《ひのつめ》あかねさんが他界した。享年五三、死因は卵巣ガン。亡くなる年齢ではないのにと、唇を噛む。

彼女の代表作は『稲の旋律』であり、二〇一〇年に『アンダンテ』という題で映画化され、ミニシアターの世界では珍しいヒット作となった。対人関係で緊張がつづき、ひきこもりとなった若い女性が、支援と励ましを得て社会復帰の道を歩みだすという展開である。その姿が多くの観客の共感を呼んだのであった。主人公は、作者旭爪さんの体験に即して造型されており、つまり彼女自身かつてはひきこもりで苦しんでいたのである。

その旭爪さんが、私の住む山口県へ講演にやってきたことがある。主催は憲法九条の会。ひきこもりだった人物が、大勢の聴衆を前に話せるものだろうかと、不安に思いながら私も参加した。聴衆は一五〇人。三〇〇のまなざしに見られながら、旭爪さんは講演原稿を手に語りつづけた。それは、杖なしで歩けるのだけれど、用心のため杖を携えています、といった感じで手にした原稿であった。危なっかしいところがまりなく、講演は無事終了した。

なかで、私の心に食いこんだエピソードがある。それは制作にまつわる裏話で、映画が完成した折に「じつは」と監督から打ち明けられた秘話である。

「じつは、原作の映画化を提起したところ、スタッフや俳優陣から抵抗が示されたのです。ひきこもりの主人公に共感できないって――」。監督は、今だからこそ話せますが、といった口調で教えてくれたそうだ。

私は、なるほど、ありえる話だ、と思った。スタッフにしてみれば、映画制作をとりまく環境が厳しいなか、声がかかる仕事を選り好みしてはいられない。俳優や歌手も、オーディションを積極的にうけて、仕事を取りにゆかなければ生き残れない。職業柄、どうしてもひきこもりの人間を冷ややかに見がちになりそうだ。

では、私ならどうするだろうか。たぶん映画化に賛成し、渋る仲間を説得にかかるだろう。なぜなら原作は、ひきこもりだった人間が社会復帰の道を歩みだす〈成功事例〉を描いているのだから。そして、映画のヒットが証明するとおり、映画化の決断は正しかった。

では、成功事例ではないひきこもり問題を扱った原作だったら、どうだろう。例えば、現在、社会のあちこちで密かに連発している事例、つまり、八十代の親に寄生していた五十代の子のひきこもりが、親の死亡の後、孤立したまま餓死するといった陰惨な内容だったら、検討会議でどんな意見が飛びかうだろうか。

「いや、監督、映画にするのはよしましょう」と私は声を強めるかもしれない。意義は認めるけれど、どうも賛同できない企画というものが、たしかにあるのだ。

死者たちの列席

二〇二二年八月七日、左翼ゲリラ出身のグスタボ・ペトロが首都ボゴタで新大統領に就任した。コロンビアが建国されて以来、初めての左翼政権の誕生だ。

新聞に載った就任式の写真をみて、奇妙な気分に囚われた。壇上で参列者に手をふるペトロ新大統領のすぐ近くに、軍の高官たちが控えている。以前なら、決して同じ空間に居あわせるはずのない二つの社会集団が、壇上の要人として、カメラやスマートフォンなどの撮影に応じている。

コロンビアでは、一九六〇年代初頭からずっと大規模で執拗な内戦がつづいた。軍は左翼ゲリラの根絶に躍起となっていた。ゲリラや同調者、あるいはその嫌疑をかけられた人間は、有無をいわせず連行され、拉致され、拷問され、殺害された。世界でも有数の非道な人権侵害がまかりとおっていた国、それがコロンビアである。なのに、いま、かつての仇敵同士が晴の式典において並び立っている。政権交代とはこういうことなのかと、つくづく写真に見入ってしまった。

ガルシア・マルケスの小説が好きだったので、コロンビア内戦にも早くから関心をもった私だが、ずっと一貫して注視してきたかと問われると、否と言わざるをえない。内戦の経過は陰惨でおぞましい内容に満ちており、気が滅入るので、意識から遠ざけることが多かった。

二〇一六年一〇月にスペインを旅したとき、セゴビアのホテルで「パペル」という雑誌をみかけた。コロンビア左翼ゲリラの特集を組んでいたので、ホテルに掛けあって貰いうけた。その中に次の記述がある。

　コロンビア内戦の死者は既に218094人に達し、加えて25000の行方不明者がいる。

二つの数字の違いに注意してほしい。〈死者〉は数がきっちり把握されている。対して〈行方不明者〉は概数である。死者と行方不明者の違いはなにか。

ある人物が姿を消す。何日たっても現われない。しかし、状況から判断して、軍、あるいは軍が支援する民兵の仕業と思えても、死体が発見されない限り、死者に算入できない。何人消したか、その実態は実行犯たる軍にしかわかるまい。ゆえに、行方不明者は概数で表記せざるをえない。コロンビア内戦の陰惨さを語る指標のひとつは、この膨大な行方不明者の発生なのである。

行方不明者たち——山野に遺棄されたり、河に投げ捨てられたり、秘密墓地に埋められて地表に現われ出ることができないひとびと。でも、新大統領を祝福することなら死者にもできる。死者だから、招待されなくても警備陣をたやすくすりぬけて会場に参集できる。

八月七日、二五〇〇〇を優に超える行方不明者の、万感のこもった視線を浴びながら、ペトロ新大統領は、歓声と拍手に手をふっていた。

（二〇二二年九月）

マリン首相を支持する

フィンランドのサンナ・マリン首相に関して騒ぎがもちあがったのは、二〇二二年八月一八日のことだ。インターネット上の交流サイト上に、首相が友人らと音楽にのって激しく踊る動画が流出したのである。仕事中ではなく、私人としての時間に、友人とばか騒ぎする。多くの人がしていることであり、問題視するほどのことと思えないが——。動画の会話で薬物を意味する言葉が聞かれたことから、首相に薬物使用の疑いがかけられた。検査の結果は陰性。なのに、二四日、与党の社会民主党の会合で、涙ながらの釈明に追いこまれた。なぜ？

「騒ぎ」とは、薬物使用の嫌疑と思っていた私なのだが、野党や一部の有権者は、黒のキャミソール姿で激しく身体をくねらせ、友人と抱き合ったりする行為そのものが「首相にふさわしくない」と糾弾したという。わけがわからない。テレビのニュース番組の多くがこの「騒ぎ」を報じたが、私の疑問を解く説明は聞けなかった。

少し時間がたって接した二つの記事が、ようやく私の疑問を解いてくれた。「週刊文春」九月八日号と、日本共産党の機関紙「しんぶん赤旗」八月二六日号である。ともに政局をゆさぶるスクープを連発し、それぞれ「文春砲」「赤旗砲」と一目おかれているメディアだ。

でも、「週刊文春」九月八日号の記事は、ちくはぐな印象を与える。涙を浮かべた釈明の様子と、下着姿で踊る写真の組合せだと、「あばずれが素行を暴露され、批判を浴びてべそをかいている」図にしか見えない。ところが、説明文では、「彼女は幼い頃に両親が離婚、母とその女性パートナーとの同性カップルの家庭で育ち、貧困も経験してスーパーのレジ係として働いた時期もあります」と、首相の育った環境を丁寧に紹介しているし、「SNS上では彼女を擁護する声もまた、国内外で数多く投稿されている」と結ぶ。文章の基調は同情的ではないか。ゆえに、ちくはぐな感じが否めない。

対して、「しんぶん赤旗」は事件の背景を明快に説明している。

南ドイツ新聞（電子版）は21日、最初に動画が広まったのは「右翼界隈」との見方を示し、マリン氏にまつわる「西洋の自由と女性の自己決定の象徴、リベラルな政治」のイメージが、男の強さや誇りを強調するマッチョ志向を持つ右派やロシアのプーチン大統領にとって「憎悪の対象となる」と分析しました。

そういうことだったのか。こうした背景を頭に入れるなら、マリン首相の「歌い、踊り、友人とハグした。同年代の人たちと同じことをしただけだ」という弁明が、弁明ではなく反駁であったことがわかる。女性が人生を楽しむことに理屈ぬきに敵意を覚える、そんな輩がいかに多いことか。世界の現状の一端を、鮮やかに示した「騒ぎ」ではある。

（二〇二三年一月）

新社長東山紀之

大勢の人がそうしたように、午後二時の五分前にテレビの前に座った。二〇二三年九月七日の記者会見。私が選んだのは、NHK・TBS・テレビ朝日・日本テレビの四局。手元のボタンを押せば瞬時に放送局が切り替わる現在の仕組みは、こうした場合、とても便利だ。

三日前の九月四日、「文春オンライン」が、藤島ジュリー景子社長の辞任と東山紀之氏の新社長就任を報じていたので、会見冒頭の発言にはなんの驚きもない。

そもそも、すでに八月四日に勝負は決していたのだ。国連人権理事会の「ビジネスと人権」作業部会が記者会見したあの日に。部会の専門家が「タレント数百人が性的搾取と虐待に巻き込まれるという深く憂慮すべき疑惑が明らかとなった」と述べたあの時に――。

だから、ジャニーズ事務所側の説明と釈明は軽く聞き流せばよい。問題はその後の質疑応答だ。かなり荒れるだろうと緊張するし、いささか愉快でもある。

最初の質問者は共産党の機関紙「しんぶん赤旗」だった。「これまでに東山さん自身がハラスメントをした認識や指摘を受けたことがありますか?」。これで流れが決まった。

新社長の東山紀之は、故ジャニー喜多川にとても可愛がられ、ジャニーズ事務所の「長男」格と目され、大女優森光子への性接待が噂されるなど、なにかといわくつきの人物である。案の定、東山社長へ向けて、鋭い質問が相次いで放たれる(会場につめかけた記者は、二派に分極化していた。フリーのジャーナリストと外国メディアが手厳しく問いただすのに対し、これまで忖度を指摘されていた全国紙やテレビ局は、事態の進行をおろおろ見守るといった様子である)。

私が注目したのは東山の態度である。厳しい質問がでることを予想し、予行演習を重ねていたのか、動揺も困惑もみせず、落ち着いた口ぶりで答えを返していく。すると、記者たちも次第にいらだちを募らせる。ある記者は、質問というより詰問調でまくしたて、暴露本の一節まで持ちだした。東山が某後輩に言ったとされる台詞、「俺のソーセージ、咥えてみろよ」というきわどい台詞をそのまま読みあげながら、舌鋒するどく迫った。

こうしたやりとりの結果、どうなったか。毎日新聞の記事を引用しよう（九月八日朝刊）。

東山社長は「（性加害は）していない」と返答したが、質問が重なるにつれて「覚えていないことがあり、している可能性もある。若気の至りや自分の幼稚さもあったと思う」と言及。

やっぱり、ね。涼しい顔してしらを切るのだから、東山紀之はたいした役者だ。森光子への性接待の質問がでたとき、気色ばんで否定したが、これもどうだろう。

記者会見は四時間以上に及んだ。この長さが、性加害問題の深刻さを雄弁に語っている。

（二〇二三年九月）

5　異邦人になること　異邦人が来ること

Have a nice trip

トロントのレスター・B・ピアソン国際空港はひろびろとしていた。出発した成田空港の印象が約十二時間の飛行ののちにも残っていて、その成田空港と比べて広さも規模も見劣りしないばかりか、こちらの方が採光がよく、空間全体がのびやかであり、落ち着いた清潔感がゆきわたっているような気がする。大空港では飛行機を降りてから施設内を延々と移動するのが常であるが、初めて訪れたこの空港が気にいったわたしは、長い距離を歩かされるのが苦にならなかった。

入国審査室が近づくと、複数の到着便から吐きだされた乗客がおし寄せて、おのずと騒がしい雰囲気になってきた。わたしたちを引率していた添乗員が、入室の前にこう告げた。「カナダはかなり入国審査が厳しくて、不審に思われたら別室で詳しく訊かれることになります。その場合、通訳がおりますが、添乗員の付添いは拒否されるので、ひとりで対応していただかねばなりません。そんなことにならないようご注意ください」

これを聞いて一同に動揺の色がはしった。わたしたち十名の小集団はキューバ観光が目的である。日本からの直行便がないので乗換えのためトロントに一泊するにすぎない。不法就労や犯罪が狙いでカナダへ入国をたくらむ輩と違って、なんら疚しいところがないのだが、とんちんかんな返答をしたら別室行きにならないともかぎらない、そこに不安を感じたのだろう。添乗員はほっそりした体軀の美女で、英語の発音が惚れぼれするくらい素晴らしく、これは頼りになると期待していただけに、なにやら心細くなる。

入国審査室は大広間である。でも、入口は一箇所に限られ、整列した旅行者はそこから部屋の右端へ、反転して左端へ、今度はまた右端へ、というぐあいに、大広間のなかを数回蛇行のように歩かされる。動線がそう設定してある。なるほどこうすれば、いちどきに多人数の旅客がおし寄せても、審査室が混雑しなくてすむ。蛇行させておけば、意外と多くの人数を収容できるのだ。

蛇行を終えると、対面にずらっと並んでいる審査官のブースのどれかを選ぶことになる。ここからはブースに対して列のむきが縦に変わる。そのときは十数名の審査官が職務を担当していたが、なかに一目で東アジア出身とわかる男がいた。精悍な顔つきで、三十代に見えるが、後半ではなかろう。東アジア系はその審査官ひとりである。わたしはその列に並ぶことにした。

並んでみると、列によって審査の進みぐあいが違うのがわかる。疑惑をもたれているのか、旅行者の英会話が拙いのか、質疑応答がながびくケースがまじるからである。わたしの列で二件つづけてそれが起きた。列の選択を誤ったかなと後悔していると、審査官が順番待ちのわれわれに眼を向けた。途端にわたしが東アジアの人間であるのに気づき、明らかに関心を示した。そうなると、なんだか他の列に移ってはいけないような気になる。

順番が近づくと、審査官の表情が近距離で観察できるようになった。精悍な顔つきと見えたものが、じつは仕事の疲れがたまってかなりいらいらしているのだとわかった。不機嫌な表情がそのまま一種の精悍さに見えてしまう、そんな容貌が世の中にはある。中華系だろうと見当をつけていたが、あるいはベトナムかタイあたりの出身かもしれない。開催が間近にせまったワールドカップ南アフリカ大会が話題を集めていたころなので、日本代表に選ばれたゴールキーパーの川島選手にすこし感じが似ているな、などと考えていたら、私の番になった。ブースに近寄れと手で合図を送ってきた。日本人なら手の甲を上にして指で招くしぐさをするところだが、てのひらを上にして指をぴくぴく傾けるのである。なにかしらエロチックな誘いに見えてしまう。

「プリーズ」と言いながらパスポートと入国審査カードをさしだす。「ハロー」と面倒臭そうな声が返ってきた。男はパスポートを開くと、国籍の項をやや大声で「ジャパン」と読みあげた。わざわざ読みあげる必要のないことなのに、また、声にだして読みたくなるほど珍しい国名でもないのに、そうしたのである。「やれやれ、日本人かい」と言われたような気がした。男はわたしを見据えると、単刀直入に切りだした。「ワンナイト?」きっと「トロント滞在は一晩か」と訊いたのだ。ここが肝心だと思ったので、「イエス」につづけて「明日、ハバナにむけてトロントを立ち去る」と言い添えた。「ヴァケイション? (休暇か)」「いや、観光で」「アローン? (ひとりか)」「いや、グループで」

それから食べ物がどうのこうのと言いだした。さあ、聴きとれない。国際空港を利用するからには英語が得意だろうと思いこんでいるのか、大勢の旅客をさばくのでおのずと早口になるのか、男が英語を完璧にマスターしているのは確かだが、当方はまごつくばかりである。答えられないでいると、今度はアルコールがどうのこうのと質問を変えた。これもわからない。キューバはラム酒で有名であり、土産に買う観光客が多いので、カナダ入国の際に持ち込める瓶数に制限があるのを知っているか、と尋ねたのだろうか。でも、そんなに長い質問ではなかったようだが。わたしは「ノンアルコール」としどろもどろに言うのが精一杯だった。

このやりとりでわたしの英会話がお粗末なものであるのがわかったのだろう、男はゴツンと音をたててパスポートに入国許可印を押した。「おまえさんを放免してやるよ、俺の仕事もけりがついた」と言わんばかりに。実際のところ、わたしの後ろに並んでいた旅客は他の列に分散して移っており、いつのまにかわたしが最後になっていた。大広間にも十数名しか残っていなかった。

そのときである。パスポートと入国審査カードを返しながら「Have a nice trip」と男が言った。わたしは急にぐらついた。それは男が発した唯一個人的な言葉だった。仕事にけりがついて気がゆるんだのか、職務用のことばとは別の次元が、傷口のようにぱくっと開いたのか。わたしの内で潮の流れがさっと変わった。それまで早く審査が終わらないものかとびくびくしていたのに、もっとやりとりを続けたい気になった。有体に言うと、この男のまえから立ち去りたくないという感情が支配したのだ。

だが、入国を許可されながらその場に居つづけるのは不自然極まりない。向こう側の通路では、審査を終えた一行が、わたしが合流するのを待っていた。

翌日、ハバナにむけて離陸したエアカナダ機内で、わたしはあの男への質問をあれこれ考えていた。というより、トロントが遠ざかるにつれ、尋ねたい項目がこころのなかにつぎつぎに浮かんでくるのだった。

あなた自身が移民なのか、それとも移民二世なのか。母国はどこか。そこを（あなたが、もしくは両親が）去った理由はなにか。始めからカナダをめざしたのか、流浪を重ねてたどり着いたのか。なぜ入国審査官という職業を択んだのか。レスター・B・ピアソン国際空港ほどの規模ならまず廃港にならないだろうから、そこに勤務するとはすなわちカナダに永住することを意味する。そう決意した理由は何か。結婚しているのか、これからするのか。子どもがいるのなら、トロントに住むことを、そして戻らない母国のことをどう教えるのか――。

こころのなかで反芻するこうした質問は、初めて会って二十分後にはすでに別れていた若い男の、自伝を描こうとして、並べたてる探索の手がかりのようなものだが、さっぱり輪郭が摑めないその自伝の虚ろな時空のなかで、質問は空まわりするばかりだった。そして、思った。わたしの人生において、海外に移住すること、また仕事のために日本語以外の言語を努力して習得するという選択肢は、まったくありえなかった、と。その思いは、生きるために払う努力が彼とわたしとではまるで違う、という後ろめたさにつながっていく。


五月二七日、キューバ観光を終えて、帰国のため再度レスター・B・ピアソン国際空港に着陸した。入国審査室へむけて移動しながら、あの男の列に並ぼうと決めていた。非番でなければよいのだが。

男は勤務していた。前回とちがって、そう疲れていないようだ。

わたしの番が来た。今度も「プリーズ」と言いながらパスポートと入国審査カードをさしだす。男がわたしをみつめた。パスポートを受け取ったままである。ややあって、「おまえさんを憶えているよ」といったことを早口でしゃべった。それからパスポートをぱらぱらめくっていたが、いきなり、机の上の任意の三箇所を順次指で押さえながら、こう尋ねた。「ハバナ、トロント。トロント、ジャパン?」

これは「ハバナからトロントへ来て、ここから日本に戻るんだろ」という質問である。こう訊けば英語の下手なおまえさんも判るだろう、と言わんばかりの調子だった。わたしは「イエス」と明快に答えた。

ほんとうに男はわたしのことを憶えていたのだろうか。ハバナから来たのを言い当てたところをみると、そうかもしれない。というのも、わたしのパスポートに、入国の際も出国の際も、キューバの担当官はスタンプを押さなかったからである(一説によると、キューバを訪れた人はその後しばらくアメリカへの入国を拒否されるので、旅行者がそうした不利益を蒙らないよう、キューバ訪問の痕跡を残さないようにするのだ、と言われるが、真偽のほどは確かではない)。でも、入国審査カードには到着飛行機を記入する欄がある。その時間帯のエアカナダ971便がハバナ発であることを、男は職務上知っているはずだ。ひょっとしたら、その欄をすばやく見たのかもしれない。

いずれにせよ、男の質問は正確にして簡潔だった。そして、質問はそれだけである。前回とちがってパスポートに入国許可印をゆっくりと押し、入国審査カードには「トランジット（通過）」と赤のボールペンで大きく書き込み、両方を返しながら男は「サンキュー」と言った。そうなのだ。わたしはカナダに面倒を持ちこむ人間ではない。キューバ観光が終わったのなら、さっさと日本に帰ったらいい。ぶっきらぼうなそのサンキューには、そんな気もちがこめられていたように思う。

わたしも「サンキュー」と返した。でも、わたしはほんとうに感謝しつつこう言ったのだ。審査が簡単に済んだからではない。

事情があって、この男はトロントで生きることを択んでいる。わたしもわたしなりの事情があり、日本の大都会でなく、地方に暮らしている。おのれの人生を果敢に切り開こうと努力を重ねた（かつ、現に努力をつづけている）男の姿勢が、人生の大半の時間をつかい果たしたわたしに、しずかな励ましを与えてくれるように思えたのである。緊張にたち向かうときに男が見せる強い調子さえ、いまのわたしには若さの顕示と映る。そして、この感謝の念が後ろめたさに根をもっていることを、わたしは自覚していた。

男のブースの傍らを通りぬけながら、省みた。若い頃のわたしが、二十代・三十代のわたしの生きる姿勢が、年長の世代のだれかにしずかな励ましを与えることがはたしてあっただろうか、と。たぶん、そういうことはなかった。若き日々、わたしはいつもぴりぴり、ぎすぎすしていたから。

トロントのレスター・B・ピアソン国際空港はひろびろとしている。各地より乗りいれた旅客機から吐きだされる旅人は、全員が入国審査室をめざす。喋ることばも、皮膚の色も髪の色も、服装も所持品も、身長も体型もばらばらで雑多なひとびとは、すべて入国審査を受ける。乗換えのためにだけ一泊する者から、怪しからぬ狙いを秘めて関門をくぐろうとする輩まで、目的もさまざまなひとびとがおし寄せてくる。

そのひとびとへ、あの審査官は、精悍な顔をひきしめながら、鋭い澄んだ視線をむけていることだろう。

（二〇一〇年九月）

雪の蘆溝橋

三泊四日の「北京冬の旅」の最終日は、当初、空港から飛びたつまでは自由行動となっていた。けれど、中国語がろくに話せない日本人を十数名も自由に行動させては、出発の時刻までに姿をみせない迷い人がでそうな懸念を覚えたのだろう、現地ガイドの提案で、蘆溝橋散策と、北京動物園のパンダ見物と、地下鉄の乗車体験という、ちぐはぐなオプションの組合せを、急遽実施することになった。

*

私たち一行を乗せたマイクロバスは、雪の降りしいた道を郊外の蘆溝橋へと向かう。市街地をぬけると、景色がにわかに寒村めいてきた。前夜のクリスマス・イヴで首都は荘重な華やぎを見せていたのに、すこし離れたにすぎないここらあたりは、もはやそんな賑わいとは無縁といわんばかりの質朴なたたずまいのなかに沈黙している。都会から遠ざかるときはたいていそうだが、なにかもの足りないような、うら淋しいような気分に浸されていく。

そのうち、私は尿意が気になってきた。厳寒の北京にいると、京都の気候に慣れたからだが過敏に寒さに反応してしまう。朝食時に水分摂取を控えめにしたはずなのに、もうトイレにいきたくなっている。気にしだすとますます高じるのが尿意の意地悪なところで、蘆溝橋までどのくらいかかるのか、時間との競争のように思えてじりじりしてくる。

バスはある小さな街で止まった。ガイドが、ここで朝市をやっているのでちょっと見物しましょうと告げる。一行の最後尾からついていくふりをしながら、わたしはそっと列から離れた。とにかくトイレにいきたくてたまらない。旅仲間に気づかれないように反対方向にすすんで、それらしき場所を物色するが、みつからない。うろうろするうちに、食堂ならトイレが備わっているだろうと思いついて、日本流に言えば一膳飯屋といった感じの庶民食堂にとびこんだ。びっくりした表情の調理人に――中国語はいまだ満足にしゃべれないので——ガイドブックに載っている「厠所」という単語を指で押さえ、せっぱつまった顔をしてみせると、言わんとすることが通じたのか、あっちだと城門のあたりを指し示す。礼もそこそこにその方角へ駆けていったが、焦っている目にはなかなか探しあてることができない。咄嗟に近くにいた男に、さっきと同じ仕草をくりかえして訊ねると、左へ振り返った背後にある煉瓦造りがそうだと教えてくれた。やれやれ、ありがたい。心底ほっとして駆けこんだ。

明かりのない、うす暗いその「厠所」は、わたしが生まれてこのかた使用したなかで、最も汚い便所だった。情景を詳しく描写しようとすれば、何人も吐き気を催さずにはいられないだろうほどに。ここまで不潔だと「むごたらしい」という形容がふさわしい。一秒でもながく居ると、からだ全体の汚染がふかまりそうで、身震いがする。外にでた私は、靴底を雪になんども押しつけて拭ってから、バスの停車場所へと走った。

おりよく朝市見物を済ませた一行が戻ってくるところだったので、そしらぬ顔で合流した。気持ちが落ちつくと周囲を観察する余裕がでてくる。あらためてこの集落のひとびとを眺めると、中国の農民はみなこうなのだろうか、皮膚が浅黒く、中年の年頃でも皺がふかい。それは、首都で私たち一行が接してきた、おおむね第三次産業の従事者の色つやのよい顔相とは大違いだった。愕然とするほどの落差だった。

*

目当ての蘆溝橋は、朝市にたち寄った集落の城門をぬけて、まもなくのところだった。

ホテルでバスに乗りこんだときから、私は、この有名な橋を、先入観をいっさい封じて、まずもってただ〈風景〉として眺めようとこころに決めていた。日中戦争に関する書物を、たぶん普通の日本人よりはやや多く読んでいるだろう私は、蘆溝橋での軍事衝突が全面戦争の発端となった、といった知識を思いうかべたなら、あとからあとから想念が湧きでてきて収拾がつかなくなると思ったのである。旅の風景に触発された思索は大事であるが、私の場合はそうならずに、既得の知識の抑制のきかない流出へと傾きそうで、そんな過剰な「意味」によって、いま、ここにある橋を染めあげるのは考えものだった。

橋の入口に「愛国主義教育基地」と記された金属製の標板がたっている。これも目にとどめるだけにしておく。

橋のはじまりはすこし傾斜になっていて、坂をのぼる感じがする。全体もゆるやかに反っている気がするが、目の錯覚かもしれない。幅は、馬が四頭ならんで通れるくらい広い。本体と同じく欄干も石づくりで、この欄干を等間隔で飾っている獅子の彫刻の美しさによって蘆溝橋は世界的に知られているのだが、たしかに一頭ごとの表情に変化をつけた精巧な彫りには感嘆するものの、橋全体の重厚な構えに比べると意外と小ぶりであり、むしろちまちました印象さえ与える。

向こう岸までたどり着いた私たちは、そこにいた地元の老農民を戯れに一行の中央に招き、記念写真を撮った（名前も住所も訊かなかったから、写真を返礼として後日送ることはないだろう）。それからぶらぶらと引き返した。

橋の中央まで戻り、立ちどまって四囲をぐるりと見渡す。さっきから気になっているのは、この河の幅にどこか見慣れた感じがすることだ。記憶のなかの川のどれかと似た感じがするのである。ぼんやりこころをただよわせながら風景を眺めていて、ふと気づいた。故郷の厚東川がこんな感じだった、と。

――高校時代、自転車で通学していた私は、帰路、厚東川に架かる橋の中央までくると、しばらくそこであたりの夕景色を眺めるとはなしに眺めるのが習いとなっていた。瀬戸内海にそそぐ河口にかなり近いその地点は、水深が浅くひろびろとしており、両岸にも人家がちらほら見えるだけで、空間全体ががらんとしていた。その、空虚が贅沢にゆきわたっている感じが、私をとりとめのないもの思いへ誘うのだった。例えば、このまま家に帰らずに、しばらく近在を自転車で彷徨ってみたい、という思い。いずれ帰宅するのはわかりきっている。お腹がすくし、空気も冷えこんでくる。でも、決まりきった生活のパターンをいささか踏みはずして、道草してみたい。そんな願望とも憧れともつかぬ想いを反芻しながら、橋の中央、川の真ん中にたたずむのが好きだった…。

あのとき、私の巡りにひろがっていた空間のがらんとした印象が、ここ蘆溝橋と似ているのだ。河幅だけではない、突きでた岩がみあたらない平坦な河床といい、建物や並木や崖など視界をさえぎるものが両岸になく、視線を遠方へのばすことができる眺めの快感といい、ほんとに不思議な類似感だ。長年私の歴史意識に突き刺さってきた破片、現代史の痛覚のひとつである蘆溝橋で、故郷と似た空間感覚を記憶のなかから甦らせることができようとは——。ひとりよがりの錯覚に酔っているのだと承知しつつ、それでも私はうっすらした至福の感情に満たされる。

旅は今日でおわり。また日本に戻って、決まりきった勤め人の生活を再開することになる。それがどうも億劫だ。気分を切り換えることすら面倒臭く思える。いずれ帰国しなければならないのはわかりきっている。それなら少々道草をしたっていいじゃないか。例えば、あと一週間、場合によっては半月、ふらっと行方不明になって、ここいらの集落で暮らすのはどうだろう。ほんものの失踪ではない、帰路を定めたうえでの、ちょっとしたまわり道。そんな逸脱がしてみたい。だけど、ここで暮らすあいだ、使用するのがさっきのようなトイレだとしたら——そう思い到った途端、私の夢想は消しとんだ。

現実に引き戻された私のまわりに、蘆溝橋の雪景色が蕭条とひろがっている。

（二〇〇五年三月）

この境遇をなんとかしたい

大きな声が聞こえた。

声がした方を向くと、黒人の男が立っていた。背が高く、堂々たる体軀で、見た瞬間、目が釘付けになるほどハンサムな青年である。モハメッド・アリの精悍さをいくぶん残したまま、そこに優しさを加えたような美貌と言おうか。

傍らに小柄な男が立っている。二人は道路工事か建設工事の作業員だろう、汚れた身なりで、シャベルを手にしている。

私たち、つまり、私と大学時代の友人ふたりは、マドリッド市内を、繁華街のひとつを目指して歩いていた。二〇一六年秋のことだ。

黒人の青年は、私に顔を向けたまま、大声でスペイン語をまきちらしている。奇妙なふるまいだ。彼は、私たちが東アジアから来た観光客であると見抜けるはずだ。たぶんスペイン語は通じない。だから、しゃべり続けるのは、傍らの、三メートルも離れていない同僚に向けてだろう。なのに、なぜ大声をたてるのか。

私はすぐ事情が呑みこめた。立ち止まったのはわずか四、五秒。名残惜しそうにその場を離れながら、こう思った。「ああ、この男ももがいている」と。

黒人の若者は、自分に注目してほしかったのだ。俺ほどの顔立ちで、逞しいからだをしたいい男が、こんな最底辺の汚れ仕事をしているなんて、おかしいだろ？　俺はこんなところには場違いだろ？　そう思わないか？　こんな仕事、こんな境遇はうんざりだ。誰か俺を救いだしてくれよ——。

おそらく、これまで何度も、私たちにしたように、通行人に向けてわざと大声をだし、注意を惹こうとしたのだろう。同僚である小柄な男は（黒人でもアラブ系でもアジア系でもない、風采のあがらない四十がらみの労働者だった）、またこいつの癖が始まったといわんばかりに、視線を半ば地面に落として、私の方をまともに見ようとしなかった。すでに人生を投げ出している風情がありありと感じとれた。作業現場にその二人しかいないのに、両者はいびつなコントラストを見せていた。

＊

友人ふたりと一緒だったので、その場を立ち去らざるをえなかった。でも、もし一人だったら、きっと黒人に歩みよってこう訊いたに違いない。

「オイガ、プエド・サカール・ウナ・フォト？」

（すみません、写真を撮ってもいいですか）

彼は頷くだろう。二、三枚撮ったあと、一〇〇ユーロ紙幣をさしだす。相手は仰天するに決まっている。撮影を了承した対価にしては、べらぼうに高額だから。私はつづける。

「このお金でこざっぱりとした身なりをして、繁華街を歩いてごらん。きっと誰かが声をかけてくるだろう。幸運を祈るよ」

一〇〇ユーロは、たぶん、彼がしている仕事の二日分の賃金に相当するだろう。二日間仕事を休んで、観光客を物色すれば、チャンスにありつけるかもしれない。

ハンサムな黒人が、歌がうまいのか演技ができるのか、わからない。しかし、モデルならすぐ勤まる、そんな掘り出し物に思えた。そして、モデルをふりだしに俳優やタレントとしてのしあがっていった芸能人なら、日本にもたくさんいる。

あるいは、「声をかけてくる」のは別種の観光客である可能性のほうが大きい。カフェに坐って美貌を誇らしげに輝かせている青年に、暇なら食事につきあってくれませんか、と声がかかるのだ。声をかけるのは、女かもしれないし、男かもしれない。うんと年輩者の場合だって考えられる。

南欧スペインの享楽的な賑わいのなかで、観光客は黒人に、食事の相方のみならず、快楽の相手を期待するだろう。一夜の情事にとどまらず、滞在中の臨時の愛人を務めてほしい、と。もちろん青年のほうも、そんなことは内々承知済みである。そうして稼ぐ金は、風采のあがらない、みすぼらしい中年男とともに一日中縛りつけられる汚れ仕事より、ずっと実入りが多いはずだ。

＊

昔の私なら、そういう仕事をする人種、おのれの性的魅力を金で切り売りする人間に眉を顰めたものだ。けがらわしいと、嫌悪したものだ。昔の私、つまり、バブル経済が崩壊する一九九〇年代初頭までは。

しかしながら、その後ずっとつづく格差拡大と貧困増大の時代のなかで、考えが変わっていった。

例えば、こんな発言がある。つい最近読んだ『世代の痛み』という本（中公新書ラクレ、二〇一七年）のなかで、対談相手の上野千鶴子に、雨宮処凛《あまみやかりん》が自分の過去をこう語っている。

進学を諦めて就職しようと思ったら、時代は就職氷河期になっていた。そこでとりあえず、九四年にアルバイトを始めたのですが、そのとたん、肩書が「フリーター」になった。十九歳の時です。

すでにバブルが崩壊していたので、同世代のフリーターのなかには、親のリストラによって大学や専門学校をやめざるをえなくなった人もけっこういました。時給もどんどん下がるし、バイト先の人からは、「悪い時期にフリーターになったね」みたいに言われて。人件費削減という理由で、バイトもしょっちゅうクビになるんです。だから、バイト先で友だち作っても、すぐ関係性が切れるし、だんだん精神的につらくなっていく。親元を離れてひとり暮らしだったので、家賃を払うと生活はギリギリで、二か月に一度は電気とガスを止められました。
〔中略〕
周りを見回すと、大学を出てもぜんぜん就職できない人がいる。一〇〇社落ちたとか、そんな話を聞かされるので、高卒の人間には就職なんてどだい無理なんだと思っていました。当時、わたしの周りの親にも頼れないひとり暮らしの女子は、ほぼ全員が風俗に流れました。わたしもキャバクラで働きましたが、それができるのは、若さという商品価値があるうちだけだとわかっていた。

雨宮処凛たちの世代が追いつめられていったこうした事態を、「貧すれば鈍する」の格言で理解するのは誤りである。自分の過去の苦闘を、リアルな細部を織り込みつつ、わかりやすく正直に語りうる知性と判断力をもった雨宮ほどの人物が（実際、彼女は著述家として成功している）、性産業すれすれの臨界へと押しやられたのは、当人の倫理意識・道徳観の問題ではなく、弱肉強食のルールが暴走する社会構造の問題なのである。

＊

一年たったいまでも、あの黒人の青年を思い出すことがある。渡し損ねた一〇〇ユーロ紙幣が、いつまでも心にひっかかる。

それは、もし一人旅だったら、という仮定の上にたちのぼる妄想なのだが、そうだとわかっていながら、後悔の念として私を苦しめる。もしかしたら青年が人生をやり直すことができたチャンスを、この私が奪ってしまったのでは、とすら感じてしまう(考えすぎだと苦笑するのだが)。

それほど、あの男は現在の境遇から這いあがろうともがいていた。誰かの援けを喉の渇きのごとく欲していた。おのれの美貌と体軀、つまり性的魅力に自信があるだけに、このまま底辺に沈むつもりはないと、見も知らぬ通行人へ全身で訴えかけていた。傍らにいた同僚、あのみすぼらしい小柄な中年男が、すっかり人生を諦めていたのとはまるで違って――。その必死が、地球の裏側に戻った私を、なおも刺す。

マドリッドの路上でたまたま見かけた、なんとも対照的な二人の労働者。彼らを回想するとき、なぜか、一向に売れないまま、展望のないその日暮らしがつづく寄席芸人のコンビを想像してしまう。努力が空回りばかりしている、ちぐはぐなコンビの姿が、まなかいに浮かぶ。

（二〇一七年一〇月）

きれいな肌の米兵とキチガイ住宅

ホテルでビュッフェスタイルの食事を摂るのが大好きである。今では人生の主要な楽しみのひとつにまでなった。ところが、新型コロナウイルスの感染拡大によって、その楽しみを奪われてしまった。味気ない日々がつづく。

私が最後にビュッフェスタイルの食事を楽しんだのは、二〇二〇年三月初旬、京都府の丹後半島にある小さなホテルにおいてである。

その頃、豪華クルーズ船での感染騒動が収束へ向かいつつあるのに反比例するかたちで、列島のあちこちに感染者が湧きつつあった。まさに湧き出るように、制御できない、なにかしら不可解な現象として、感染者が増えていた。でも、過疎化にずっと悩んできた丹後半島なら、都会で懸念される感染の危険性はまず考えられない。公務員時代の友人の誘いにのって（友人は、小さなホテルの所在するその町が地元である）、同窓会めいた少人数の集いに参加するため、山口から出かけたのである。到着の夜は、丹後名物の蟹料理がふるまわれ、再会を喜びあった。

＊

翌朝、ホテルの一階にある食堂へ向かう。地元の食材をふんだんに使った和食の数々が、メニューを豊富に、かつ彩り鮮やかなものにしている。小規模の施設にしては行き届いた配慮である。まさにビュッフェスタイルの醍醐味、ここにあり。

そこに、アメリカ軍の若者が一人やってきた。迷彩色の軍服を着ているので米兵だとわかる。慣れた様子で食べ物を選び始めた。京都府職員として三二年間勤務した私は、この丹後半島へもしばしば出張したものだが、米兵を目撃するのは初めてなので目を見張った。でも、体格のいいその若者は周りの視線を気にしない。だいたい米兵をじろじろ見るのは私くらいのものである。ホテルに暮らしているのか、近くのアパートに住んでいるのか、見当がつかないけれど、この食堂を利用し慣れているのは間違いない。

軍服の若者は、私の席の斜め前のテーブルに、私に背を向けるかたちで座った、おのずと、後ろから気づかれぬよう観察できる立場になった。ひとりで行儀よく食べている、二十代前半のアメリカ男。荒くれ者ではなさそうだが、敏捷で優雅な獣という印象が、肉体の気配としてありありと伝わってくる。

目を奪うのはその肌の美しさだ。短髪だから、首まわりと頰が存分に露出しており、皺も染みもまったくない若々しい皮膚のつらなりを、じっくり眺めることができる。きれいな肌を熟れた桃に喩えるのは陳腐だと承知しつつ、それでも彼の肌は、かぐわしい桃の、輝きと弾力と高貴さをすべて具えていたと語っておきたい。

ならば、全身の肌も必ずやきれいに違いない。服を脱がせ、ブリーフだけの姿で目の前に立たせてみたい。アングルが描く裸体画のようなつややかな裸身が匂いたつに決まっている。口をもぐもぐ動かしながら、頭のなかでは妄想が亢進していく。和食のメニューを一切無視して、パンやベーコンや卵など、いかにもアメリカ人好みの料理だけを選んだ若者は、さっさと食事を済ませると、席を立った。大柄で体格がよいのに、音をほとんどたてなかった。

＊

その日は、友人の車で観光にでかける予定だった。私が米兵のことを話題にすると、経ケ岬のレーダー基地に勤めているのだと教えてくれた。経ケ岬、なつかしい地名だ。波荒き日本海に突きでて、大自然の狂騒に耐えつづける孤高の岬。

私の退職後、その経ケ岬に米軍のレーダー基地ができた。是非見学したいという私の要望をいれて、出発することになった。交通渋滞がまったくない過疎地の舗装道路を、車で二十分も走るのだから、かなりの距離である。三月初旬の半島の風は猛々しい。丹後松島と称される海岸の連なりは、白波の怒濤の尽きることなき襲来に耐えつつ、ひたすら茫然と時を過ごしているかのごとく見える。かかる凄絶な景色のなかを、基地の米兵たちはどんな思いで通勤しているのか。

平地が乏しい経ケ岬は大型施設の立地に向かない。だから、通信所（レーダー基地）は隣接する神社の境内を削りとるようにして建てられ、敷地に余裕がほとんどない。これじゃあ、ここには住めない。あの若者は車で二十分もかけて、キチガイ住宅から岬のてっぺんまで通うのだろう。

＊

〈キチガイ住宅〉という言葉を初めて耳にしたのは、沖縄旅行の時である。そして、この用語を沖縄以外で耳にすることはほとんどない。

最初、私はキチガイを、差別語である気ちがいととらえて、いくら米軍に反感を抱くとはいえ、そんな言葉遣いはよくないと内心憤慨したのだが、現地のガイドが基地外にあるから基地外住宅と呼ぶのだと説明するに及んで、胸をなでおろした。そんな際どい用語が成立するくらい、基地外住宅が多いと言う。

でも、どうして？　と、基地巡りをしながら疑問が湧く。滑走路や格納庫、弾薬庫や倉庫だけが米軍基地ではない。フェンスの向こうには、きれいに調えられた芝生や樹立をたっぷり具えた、快適そうな住宅群が整備されている。住環境として好都合な場所が、まず米軍用にあてがわれている。そうした優遇措置をたくさん積み重ねた挙句、国土面積のわずか0・6％しかない沖縄に、70％もの米軍基地が集中することになった。ふたつの数値の、眩暈を覚えるほどのアンバランス！

これほど厚遇されている基地を抜け出して、わざわざ基地外に住みたいとは、いかなる魂胆なのか。ガイドが言うには、いろいろ理由がありますが、その一つに基地内では性犯罪が横行しているらしいことが挙げられます、しかも被害者は、少女少年にとどまらず、成人も含まれます、との説明だった。「では、成人の男性も？」と言いかけて、私は質問を呑みこんだ。フェンスの向こうはアメリカそのものなのである。

＊

キチガイ住宅を多く抱えるその沖縄を、現在、米軍基地が新たな脅威と化して、苦しめている。米軍に由来する新型コロナウイルスの感染が急増しているのだ。

誰もが知るとおり、アメリカは感染者も死者も世界で最多の感染大国だ。だから、日本は入国拒否の対象に指定している。ところが、米軍は軍用機でアメリカから直接沖縄の基地に入ることができる。いわば、表玄関は戸締りしているのに、裏口が開きっぱなしで泥棒が自由に忍びこめる状態に等しい。主権国家なら、米軍の入国を拒否できないにしても、検疫は政府の権限で実施すべきなのに、それを怠っている。そして、基地内で感染が広がっても日本の保健当局は調査の権限がないし、なんの指示も勧告もできない。

そんな米兵がキチガイ住宅と基地とを自由に往復する。飲食店や娯楽産業を利用する。買い物にでかけ、ドライブを楽しむ。これでは、沖縄県が懸命に感染防止に努めても、効果があがるはずがない。沖縄県が人口10万人当たりの感染者数で全国一であるのは、当然すぎるほど当然の結末なのである。国土面積のわずか0・6％しかない沖縄に、70％の米軍基地が集中するという事実を、再度思い起こしてほしい。

*

ところが、だ。滑走路がないので、米本土から直接軍用機で乗りこむことができないあの経ケ岬のレーダー基地に、感染者が初めて発生した。七月二七日のことだ。京丹後市の感染者はずっとゼロだったので、地元に衝撃が走った。

最初の感染者という不名誉を担ったのは、新聞報道によると、三十代男性の米兵。一二日に兵庫県内、一九日に神戸市内を観光している。観光とは体裁を繕った表現であって、真相は性産業を利用したのだろう。地図で見ればわかるとおり、丹後半島の経ケ岬から一番近い歓楽街は、大阪ではなく神戸である。

この男も、車に数人で相乗りして基地外住宅から通信所まで通勤していたという。

すると、車内はいわゆる三密状態。米軍は感染状況の詳細を公表しないけれど、レーダー基地内でなにが進行しているか、また、京丹後市に散在するキチガイ住宅の周辺でこれから何が起こるかは、容易に想像できるだろう。

それにつけても、あのきれいな肌の若者はどうしているだろうか。キチガイ住宅に暮らす彼なら、沖縄のように基地内で性犯罪に巻きこまれる心配はなかろう。また、業務はもっぱら室内で情報分析に携わることだと推察されるから、直射日光や強風にさらされる野外訓練によって肌を荒らすこともなかろう。つまり、熟した桃の、輝きと弾力と高貴さをすべて具えていた、あのきれいな肌をこれからも保つことができる。

しかし、思わぬ角度から侵入した脅威、疫病の感染から、身を護ることができるのだろうか。丹後半島は過疎地である。要するに、医療体制が脆弱ということ。母国をはるか離れて、心細いことだろう。

（二〇二〇年九月）

6　孤高の俳人ふたり

最高裁判事にして俳人

昨年（二〇〇九）の一二月一七日に亡くなった最高裁判事の涌井紀夫氏は、俳人という隠れた一面をもっていた。涌井氏の俳人としての歩みは、一九六〇年五月二六日に結成された京大俳句会に、その秋に加わることで始まった。俳句会の機関誌「京大俳句」は、六四年五月に創刊、八三年九月の五三号をもって終刊となったが、氏は創刊号から作品を発表、出入りの激しかったこの俳句会に最後までメンバーとしてとどまった。加えて、五三冊のほとんどに作品を提出しており、まさに会を支える有力な柱であった。ここでは、戦後の「京大俳句」をざっと繙きながら、涌井氏の展開した俳句世界を簡単に振りかえっておこう。

＊

創刊号の会報に、涌井氏が法学部を卒業し、司法修習生になったという消息が載っている。その頃は、

犬にも露汽車こうこうと海沿いを　（創刊号）
少女がかくす菊をちぎった掌の汚れ　（三号）
冬晴れの一日の果て夜具純白　（四号）

といった、抒情性豊かにして立ち姿のよい作品を書いている。それが次のように変化していく。

地を掘る姿勢寒き怒りを育てており　（八号）
誕生日木を撃ってわが呼気白し　（九号）
木犀芬々生殖器濡れ夜の猫　（十二号）
抗争冬へ地下鉄は灯を満載す　（十七号）
突如寒夜に力満ち貨車動き出す　（二〇号）

ややことばを詰めこみすぎではという印象と、そうまでして言いたいなにかを抱え

ているという意欲とが、同時に伝わってくる。七〇年に会に加わった私にとって、涌井俳句はすでに一目置くべき先達だった。

が、私と氏との接点はほとんどない。お会いしたのは一度だけで、他の会友とともに大阪にお迎えしたのだった（旭川地裁勤務だった氏が東京地裁に異動となったのが七五年だから、たぶんそれ以降のことだろう）。そして、俳句会の解散とともに没交渉となってしまった。

親しいつきあいのなかった先輩は他にもいるのだけれど、氏の場合、やはりその職業が距離感を醸しだすのに大きく作用していたと思う。裁判官なるものはわれわれと別の世界に属していて、しかも法律の解釈権を専有することでわれわれの上に君臨している、という印象を、どうしても拭うことができないのだ。更には、三七号の作品「背倫の五月きらめく水を飲み」をとらえて、私が三九号で述べた性急な批判が、その後当方の心理的な負担になったという事情もある。私はこう書いたのだ。

衝撃的な単語への嗜好と、それを俳句形式に意識的に導入せんとする執拗な意図、という氏の特徴はこの一句にも十分見てとれるが、往々にして氏の意図を提出された作品は裏切ってしまっている。結論的に言えば、私はその原因を、新しい論理の構築力と、それをイメージに造型する技術力の弱さにあるとみる。

いまから思えば、多分に近親憎悪的な発言であって、期待水準が高いだけにせっかちに決めつけてしまったところがある。それくらい、氏は会のなかで異彩をはなっていた。私と違って涌井俳句を高く評価したのが上野ちづこ（千鶴子）さんである。

魚の喉裂けば鮮血結氷期　紀夫

矢張り、涌井氏の句作から始めたい。句作が、作家の創造性と評者の解釈との出会いによって成立するものとすれば、「私」による偏好的句評は避け難い。（中略）涌井氏の、時間を一瞬に凍らせる決意に充ちた視線は、この一作に凝集している。この決断は男性的な営為である。あれではなくこれを。あれらではなく、これだけを。捨てられたものたちの怨嗟を、氏の強靭で澄明な意志が封殺する。結晶する意志。ことばはこの時紛れもないフォルムを獲る。（二一七号）

こうして後続の世代から熱い視線を向けられつつ、氏が書き継いだのが、次のような世界だ。

風の雪面腑分けのあとのごとく荒れ　（二七号）
遠ちを葬列蟹煮る釜に老婆群れ　（二九号）
悪為すべき雨季黒靴に足を容る　（三二号）
頭蓋撃ちぬかれ月下のピアニスト　（三三号）
青年の胸腔剖けば蒼き五月　（三六号）
春月や撲たれて響く若き四肢　（三九号）
児にくらき帆がはためけり火事の中　（四〇号）
男の死黙して崖に火を焚けり　（四三号）
流刑はるかに夕餉始まる団地の灯　（四五号）
弟未婚燦然と夜のパンを割る　（四七号）
壮年の四肢容れくらき湯が溢れ　（四九号）

精神のどこかに不穏ななにかが巣くっていて、制御しながらそれをおりおり俳句という場に連れだした、という感想を抱くのは私だけだろうか。

最高裁の裁判官は、総選挙と同時に実施される国民審査において、信任か不信任か審判を受けることになっている。涌井氏の場合、二〇〇九年八月の、あの画期的な政権交代を実現した総選挙がそれに当たっていた。結果は信任となったものの、審査の直前に、「一人一票実現国民会議」なる団体により、涌井判事に×印をつけようとの強力なキャンペーンが湧いてでた。朝日新聞には一頁大の意見広告が二度も掲載された。有力な財界人も加わった、資金が豊富で大がかりなこのキャンペーンが、氏になんら影響を与えなかったとは考えにくい。氏の逝去は国民審査の三か月半後である。享年六七。

＊

最高裁判事としての氏をどう評価するかをめぐり、おそらく死後も議論がながく複雑につづくであろう。それはそれとして、俳人涌井紀夫を評価する試みがそろそろ始まってもよいのではないか。司法機構の頂点にまで登りつめた人間の、翳りある精神性の表出は、関心をそそられる一問題であろうから。

（二〇一〇年四月）

壇ノ浦と三井寺

癌で亡くなった叔母は、下関に住んでいた。寝込むまでは看護婦として働いていた彼女は、保守の議員や実業家に積極的に近づいてゆく、勝ち気で派手好みの社交家であり、正直いうと苦手な親族だった。結婚していたが子どもをつくらないと決めていた叔母は、甥であるわたしたち兄弟をときどき招いてくれたけれども、弟はともかくとして、わたしにはいささか気疲れのする遠出であったと言わねばならない。

生まれ育った宇部から下関へむかうとき、市街地に入る手前で壇ノ浦が見える。一一八五年、海上戦に敗れて平家一門が滅んだ、あの壇ノ浦である。なんとなく馬が合わないと子どもごころに感じていた、その下関の叔母のおかげで、壇ノ浦の景色と平家滅亡の悲話は、小さい頃からなじみ深いものとなった。源平抗争史の他のすべての過程はすっぽぬけて、ただ壇ノ浦合戦という終局だけが、わたしの歴史感覚にとりつき、心情にじんわり滲みこんでいった。

その傾向に拍車をかけたのが、小泉八雲の小編『耳なし芳一のはなし』である。琵琶の名手である盲目の芳一を、夜ごと平家の亡霊が訪れ、安徳天皇の墓前で弾き語りをさせるという怪談では、出だしあたりに、壇ノ浦で不審な水死が続発するとか、鬼火が飛びかうといった怪異が紹介されている。あんな滅びかたをしたのだから、平家の怨念がたやすく鎮まるはずもなかろうと、わたしは亡霊の所業に反発や恐怖を覚えなかった（とはいえ、共感する気もちもさらさらなかったのだが）。

そして、中学生のときに観た映画『怪談』が、わたしのこうした心情にはっきりした美学のかたちを与えた。四話から成るこのオムニバス映画の一編が『耳なし芳一のはなし』を原作とする。原作ではさらりと触れられているにすぎぬ壇ノ浦合戦を、監督の小林正樹は、華麗な戦闘シーンとしてながながと映像化している。

その方法は、一九六四年という時代にしてはかなり前衛的なもので（同時にすこぶる金のかかるやり方であって）、俳優たちが演じる動きに、合戦を描いた大型の創作画のなかからクローズアップした部分を、おりおり挿入し、交差させつつ、躍動感で貫いてゆくのである。静止した絵と動く身体との、共振と補完の効果を狙ったこの方法に、わたしは釘付けとなった。雄渾にして華美、酷烈にして哀切。わざわざ映画のために制作された大画は、かなり様式化された描写である。また、戦闘シーンは、水の動きによってどこかのプールを使用したのだろうと見当がつくし、空間には人工照明の雰囲気があらわに満ちている。要するに小林正樹が意図したのは、戦闘の実証的表現ではなく、夢の顕現なのであった。

わたしの家系は、たぶん平家とも源氏ともなんら関わりがないはずで、ゆえにどちらかに肩入れするいわれなどまったくないのだが、こうしたいきさつから、京都に居を移すまでのわたしは平家贔屓であった。

＊

一九七〇年、大学入学とともにわたしは京都にやって来た。平家と源氏とが覇を争った、その中心地に。ところが、この都は、源平抗争史の前にも後にも長い時間のひろがりをもっており、源平内乱の時期のみを特別視することを許さないのだった。京都には、この舞台に登場し、示威し、そして消えていった人物・勢力・集団の記憶が重層的に蓄えられている。京都の歴史を学ぶにつれ、いかに権勢を誇ろうが、やがてその者も転変の一構成要素に退縮してゆくという事例に、われわれはいやというほどぶつかるのである。ここでは、天皇家すら歴史の部分でしかない。わたしの平家贔屓の心情はいつしか封印されていった。封印したのではなく、いつしかそうなっていたのである。

＊

一九九〇年のこと（あるいは九一年であったか）、東京の俳句のパーティーで柿本多映さんにであった。齋藤愼爾さんの深夜叢書社を祝い励ますこの宴に、わざわざ京都から駆けつけたことをちょっぴり自慢したくて、わたしは会場を遊弋していたのだが、滋賀から遠路上京した俳人であると柿本さんに引きあわされたとき、ぎゃふんという気もちになった。

それが機縁で柿本さんとおつきあいが始まった。いや、若輩のわたしが柿本さんになにかと目をかけていただいたと言ったほうが正しい。そして、柿本さんのご実家が近江の三井寺と知るに及んで、わたしのこころに畏怖に近い感情が湧いた。なぜか。

三井寺（園城寺）は一三〇〇年以上の歴史を有する。伝統と格式を誇るこの名刹は、しかしながら、その歩みに幾多の苦難を刻み込まれてきた。寺は何度も焼きうちに遭い、そのつど再建をくりかえしたのである。有名なのは比叡山延暦寺の衆徒（南都北嶺の「北嶺」である）による襲撃・破壊だが、これは天台教団内の抗争という次元の話であるから、有力貴族などの支援を得て再建することは比較的容易だったろう。じじつ、寺はくりかえし不死鳥のごとく甦ったのである。

ところが、一一八〇年、以仁王の謀叛に加担したことによる〈三井寺炎上〉は、これらと性格をおおいに異にする。このとき、寺はまさしく存亡の危機に直面した。事態の経過を詳しく述べている『平家物語』に拠って、かいつまんで記すと次のようになる。

＊

この年の四月、源頼政が以仁王（後白河院の息子）に反平家の決起をうながす。しかし、謀叛の情報が平家側に洩れ、五月一五日に逮捕の命がだされた。危険を察した以仁王は、女装して屋敷を脱出、賀茂川をわたり、如意ケ岳に達するとその山中を抜けて三井寺へ向かったのである。暁、王は無事寺にはいった。

この時点での三井寺の対応は、いわば懐に入った窮鳥を庇うというものであろう。ところが、一八日に延暦寺と興福寺に支援を要請するに及んで、事態の性格が一変する。というのも、両寺の武装勢力に協力を求めたのだから、これは正真正銘の叛乱の呼びかけである。

平家は軍事を専門とする職能集団だから、これを打倒するには、同じく軍事を専門とする別の職能集団、つまり源氏の力を必要とする。だが、抑圧され、各地に分散している源氏の兵力を糾合するには、かなり時間がかかる。それまで僧兵の武力でもちこたえよう、とでも考えたものか。

現在からみても、成算のない戦いに踏み切ったものだとの印象をもたざるをえない。興福寺へむけた牒状（決起をうながす書状）に「殊に合力をいたして、当寺の破滅を助けられんと乞状」とあるのは誇張ではなく、ほんものの危機感が滲んでいる。

報復は苛烈であった（大軍が押しよせる前に寺をでて興福寺へむかった以仁王と源頼政は、それぞれ討死する）。被害の規模を、『平家物語』は、「三井寺炎上」の項に書きとどめている。官軍は建造物六三七宇に火をはなったうえ、大津の民家を一八五三軒焼きはらったとあるから、徹底した破壊であり殺戮である。

翌年、清盛が死ぬ。やがて平家が都落ちすると、源頼朝が、三井寺の恩義に酬いるためであろう、近江国と若狭国の荘園を寄進している（壇ノ浦で平家が滅ぶ以前のことである）。

＊

存亡の危機は、その後も二度、寺を襲った。

一三三六年、足利尊氏に味方した廉で、後醍醐天皇の大軍が火を放つ。源氏と縁が深い三井寺は、源氏の流れを汲む尊氏に好意をもったのである。

一五九五年には、最高権力者豊臣秀吉が「闕所」（屋敷・家財・所領の没収）の命令を発した。

こうした難局をいかに脱したかの説明は省こう。わたしが語りたいのは、歴史を航行するなかで三井寺は、何度も嵐に襲われ転覆しかかったということである。いま、海は凪いで、三井寺という巨船は、気品のなかに威厳を示しながら浮かんでいる。その船のなかから柿本多映さんが登場したのである。船がくりかえし燃え、三たび沈みかけたという背景を想起するならば、柿本多映さんの出現に、わたしなどはどうしてもまじまじと眼をみはってしまう。

「じつは京都に来るまでは平家贔屓でした」とはとても言いだせないし、ましてや「平家の出方次第によっては寺が廃されたかもしれませんね」などと相手が憤慨しそうな感想は、おくびにも出せない。三井寺の歩みは源平抗争史にあまりにも強く組み込まれているので、はるか昔の騒乱の寸評であっても、柿本多映さんを目の前にすると、なにか火傷か裂傷を生じそうな物言いに思えて、自重せざるをえない。

柿本多映さんが構築した作品世界は、古典美と官能性に彩られつつ、形而上性によって貫かれているのが重要な特長であって、こうした作風では、当代の第一人者であるのみならず、おそらく明治以降の俳句史における最高峰である（江戸時代には蕪村がいる）。世俗性を揺るぎない前提とする俳句では、まことに異色の才能といえる。理解を示す俳人が乏しかったであろうにもかかわらず、こうした独自の境地へすすむことができたのは、その出自からくる内奥の声、つまり三井寺の歴史の囁きが、精進をうながし、かつ導きつづけたのだろうと、わたしは見ている。精神の深部からうながす声を持つ人と持たない人との違いは、やはりあるのだ。

（ついでに記すと、萩原朔太郎が、『郷愁の詩人與謝蕪村』において、蕪村の詩性の核心に、郷愁という形而上性をみてとったのは、彼の炯眼である。「それは時間の遠い彼岸に実在している、彼の魂の故郷に対する〈郷愁〉」と朔太郎は書く）。

＊

ある日、柿本多映さんに三井寺を案内していただいたことがある。まことに広大な寺領で、一日かけて巡ってもすべての堂塔に寄ることはむずかしいと思えた。非公開の光浄院客殿（国宝）で客人のごとく寛いだり、休憩に甘酒をご馳走になったり、楽しい散策であったけれども、実際に自分の脚で歩いてみると、この名刹を焼き滅ぼすのは、途方もないエネルギーを要する所業なのだとなにやら実感できるのである。明治政府が多くの土地を強制的に召しあげる以前、寺領はさらに広大だったのであり、平安末にはそこに堂塔が六三七宇も建ち、それらがことごとく平氏の軍隊によって焼かれたことになる。現地で『平家物語』の記述を想像裡に復元するなら、だれだって頭がくらくらするだろう。それは「乱」とか「変」といった名称には収まらない、れっきとした「地域戦争」である。ひたすら破壊のためにふるわれる、攻撃性の、負のエネルギー。それがこの一帯に溢れ、うねり、駆けめぐったのだ。まことに卒倒しそうなほど膨大なエネルギーだ。

壇ノ浦で海の藻屑と消えるのは、なるほど無念な滅びかたに相違ない。しかし、三井寺炎上の仕打ちも、ほとほと酷たらしい。

*

わたしがそのとき気づいたのは、平家贔屓の心情のうちに潜んでいるのは（それは白みにくるまれた黄身のようなものだ）非壮美への嗜好というロマンティシズムだ、ということだった。二〇世紀に発達をみた表現分野、つまり映画とテレビドラマは、しばしば源平の戦いをとりあげるが、そこでは常に武士は勇猛であり、討死は悲壮美につつまれて描かれる。戦闘の実相に触れることはほとんどない。

リドリー・スコット監督の映画『グラディエーター』は、古代ローマの剣闘士を主人公とする作品だ。そのなかに、試合に臨む剣闘士の一人が、恐怖のあまり尿を洩らす場面があった。これこそ戦闘の実相だと、つくづく感心する、わたしのお気に入りの描写である。

されば、想像してみよう。攻め寄る平家の軍隊のなかにも、迎え撃つ僧兵のなかにも、恐怖を抑えきれず失禁する者がきっと多くいたはずだろう。体内からこみあげる脅えと震えをむりやり鬨の声に変えて、交戦がはじまり、無我夢中で武器をふりまわす。それでやっと、武装した男たちは下半身が尿で濡れているのを忘れることができる——。

*

下関に住んでいた叔母のおかげで、わたしが壇ノ浦合戦に悲壮美のロマンティシズムを覚えたことを、いまさら咎めだてしても始まらない。それはわたしの歴史感覚の成長の一段階だったのだから。ただし、そのロマンティシズムを中和するには、柿本多映さんの知遇を得て、三井寺の歴史をやや突っこんで知ることが不可欠だったのだと思える。これも俳縁の功徳のひとつに算えておきたい。

源平内乱を同時代人として目撃しつづけた西行は、犠牲者が途方もなく増えてゆくのにやりきれなくなって、こう述べた。

うちつづき人の死ぬる数きくおびただし。まこととも覚えぬほどなり。こは何事のあらそひぞや。

かく嘆いたのは西行ひとりではあるまい。多くの人が発する嘆息が、ひとだまのように、鬼火のように、かつては壇ノ浦にも三井寺にも飛び交っていたにちがいなかろう。

（二〇一二年四月）

*

あとがき

二二年ぶりに本をだす。

*

二〇〇二年に句集『クローン羊のしずかな瞳』を上梓してから、二二年間、自著も共著も全くださなかった。共著はともかく、その気になればだせる自著を出版しなかったことには、むろん理由がある。が、それは記さない。他人にはさしたる関心事ではなかろうから。

*

二二年ぶりとなると、いろいろ勝手が違う。出版の手順や段取りについて、記憶が薄れている。なにより、昔は京都に住んでいて、出版活動が盛んな関西の動向に触れていたのに、帰郷して後は業界の事情に疎くなっている。ここは信頼できる版元を探すしかないと思い、検討の結果、「編集工房ノア」の涸沢純平さんと連絡をとることにした。嬉しいことに快諾の返事を得たので、久しぶりの出産準備にとりかかることにした。

*

当初は「思いで話」で一巻を構成する予定だった。ほとんどが書き下ろしの文章である。ワードプロセッサー（以下、ワープロと略す）で順調に書きすすめていた。ところが、ある日突如、異変が勃発した。ワープロのディスプレイが壊れたのだ。

一九九〇年に使用を開始してから、三四年も律儀に働いてくれたワープロである。二、三年前、印刷機能が弱くなって業者に修理にだしたことを思い出し、そろそろ買い換えようと決意した。

で、弟に、どんなメーカーのどんな機種がいいか、訊いたところ、弟はまじまじと私をみつめながら、恐ろしい託宣を告げた。

――日本ではもうワープロを生産していない。既存のワープロを修理しつつ使うしかない。兄貴のようにパソコンを使えない人種がまだかなりいるから、少数のワープロ修理業がなりたっている。でも、将来、修理用の部品の調達も困難となるに決まっている。

＊

今頃になって知らされた「不都合な真実」にショックと怒りが治まらない。ディスプレイの修理そのものは、そんなに時間がかからなかったけれど、弟の託宣がもたらした動揺は深刻だった。

なぜというに、ワープロは、文書作成機器であるのみならず、フロッピィーディスクに保存した諸文書を再生し表示する重要な役割をもっている。つまり、ワープロがなくなるとは、フロッピィーディスクに記録された文書がすべて無駄になることを意味する。書庫が失火でごっそり消滅するに等しい損失ではないか！

＊

そこで、決意した。いや、気づいた。そう遠くない将来、ワープロが使用不能となるなら、それまでにフロッピィーディスクの文書を逐次、書物に変換しておこう。要するに、フロッピィーディスクの形態でなく、書物という基本的な媒体こそ、知的営為の安全で確実な所有方法なのだ。そう悟った。（ワープロの生産を止めたこの資本主義社会である。いつパソコンの生産を放棄するか、わかったものではない）。

＊

ワープロ消失ショックで心が乱れ、ために、大半を書き下ろす必要がある「思いで話集」に取りかかる気になれない。でも、二二年ぶりに本を出すという心の勢いを失いたくない。そこで、急遽方針を変更して、既に諸俳誌に発表した文章を集めて、代わりの本をだすことにした。版元の「編集工房ノア」にも事情を伝えて、急な変更について了承していただいた。それが、本書『俳句を橇にして』である。

＊

じつは、京都に三六年間住んでいながら、大阪は中津の「編集工房ノア」を訪れたことも、涸沢純平さんとお会いしたことも、まったくない。そこで、私が大阪に出向いて、直接原稿をお渡しすることにした。

二〇二四年二月二四日。

数字の並びがとても憶えやすいこの日、初めて会うことにした。場所は中津のカトリック教会の売店。地下鉄の出口や街頭や喫茶店とちがって、そこは中津で唯一無二の場所だから、確実に落ちあうことができる。

そして、私は当日、信頼できる相手に、このあとがきを除く原稿を託することができた。

＊

もうひとり、弟の龍行にも謝意を表しておこう。

ワープロの託宣には動揺したけれど、私が不得手の分野について確かな情報をもたらしてくれる弟は、とても心強い肉親である。かつ、本書の出版にあたっていろいろ支援を受けてもいる。ありがとう。

二〇二四年四月

江里昭彦

江里昭彦（えざとあきひこ）
一九五〇年、山口県宇部市に生まれ、現在そこに住む。七〇年、京大俳句会に入会。八三年の解散時には「京大俳句」編集長。同人誌「日曜日」「透璃」「未定」「鬣」などにかかわる。
現在は、「左庭」同人、個人誌「サンチャゴに雨が降る」発行人。
句集が三冊、『ラディカル・マザー・コンプレックス』『ロマンチック・ラブ・イデオロギー』『クローン羊のしずかな瞳』。評論集が二冊、『俳句前線世紀末ガイダンス』『生きながら俳句に葬られ』。

俳《はい》句《く》を橇《そり》にして
二〇二四年七月一日発行
著　者　江里昭彦
発行者　涸沢純平
発行所　株式会社編集工房ノア
〒五三一―〇〇七一
大阪市北区中津三―一七―五
電話〇六（六三七三）三六四一
ＦＡＸ〇六（六三七三）三六四二
振替〇〇九四〇―七―三〇六四五七
組版　株式会社四国写研
印刷製本　亜細亜印刷株式会社

ISBN978-4-89271-387-3
不良本はお取り替えいたします

表示は本体価格

碧眼の人　富士正晴
未刊行小説集。ざらざらしたもの、ごつごつしたもの、事実調べ、雑談形式といった、独自の融通無碍の境地から生まれた作品群。九篇。　二四二七円

巡航船　杉山平一
名篇『ミラボー橋』他自選詩文集。青春の回顧や、家庭内の幸不幸、身辺の実人生が、行とどいた眼光で、確かめられてゐる(三好達治序文)。　二五〇〇円

天野さんの傘　山田稔
生島遼一、伊吹武彦、天野忠、富士正晴、松尾尊兊、師と友、忘れ得ぬ人々、想い出の数々、ひとり残された私が、記憶の底を掘返している。　二〇〇〇円

天野忠随筆選　山田稔選
〈ノアコレクション・8〉「なんでもないこと」にひそむ人生の滋味を平明な言葉で表現し、読む者に感銘をあたえる、文の芸。六〇編。　二二〇〇円

沙漠の椅子　大野新
一個の迷宮である詩人の内奥に分け入り、その生的痙攣と高揚を鋭くとらえる、天野忠、石原吉郎、黒田喜夫、粕谷栄市、清水昶論他。　二〇〇〇円

象の消えた動物園　鶴見俊輔
私の目標は、平和をめざして、もうろくするということです。もっとひろく、しなやかに、多元に開く。2005〜2011最新時代批評集成。　二五〇〇円